Lado B

Histórias de mulheres

Dados Internacionais de Catalogação na Publicação (CIP)
(Câmara Brasileira do Livro, SP, Brasil)

Facco, Lúcia
  Lado B : Histórias de mulheres / Lúcia Facco. – São Paulo : GLS, 2006.

ISBN 85-86755-39-7

1. Contos brasileiros 2. Lesbianismo 3. Lesbianismo na literatura 4. Lésbicas – Ficção I. Título.

05-9491   CDD-869.93

Índice para catálogo sistemático:

1. Contos : Literatura brasileira   869.93

Compre em lugar de fotocopiar.
Cada real que você dá por um livro recompensa seus autores
e os convida a produzir mais sobre o tema;
incentiva seus editores a traduzir, encomendar e publicar
outras obras sobre o assunto;
e paga aos livreiros por estocar e levar até você livros
para a sua formação e entretenimento.
Cada real que você dá pela fotocópia não-autorizada de um livro
financia um crime
e ajuda a matar a produção intelectual.

Lado B

Histórias de mulheres

―■―

LÚCIA FACCO

edições GLS

LADO B
Histórias de mulheres
Copyright © 2006 by Lúcia Facco
Direitos desta edição reservados por Summus Editorial

Projeto gráfico e capa: **BVDA – Brasil Verde**
Diagramação: **Acqua Estúdio Gráfico**
Editora responsável: **Laura Bacellar**

Edições GLS
Rua Itapicuru, 613 7º andar
05006-000 São Paulo SP
Fone (11) 3862-3530
e-mail gls@edgls.com.br
http://www.edgls.com.br

Atendimento ao consumidor:
Summus Editorial
Fone (11) 3865-9890

Vendas por atacado:
Fone (11) 3873-8638
Fax (11) 3873-7085
e-mail vendas@summus.com.br

Impresso no Brasil

Para Heitor e Renata

Encontro pela vida milhões de corpos; desses milhões posso desejar centenas; mas dessas centenas amo apenas um. O outro pelo qual estou apaixonado me designa a especialidade do meu desejo.

ROLAND BARTHES

SUMÁRIO

1. Café da tarde — 11
2. Chuva — 15
3. Subida em Santa Teresa — 27
4. Virtude — 31
5. De mel de melão — 43
6. Diário — 47
7. Vida — 59
8. Natureza viva — 65
9. Ausência — 75
10. Triângulo — 79
11. Mangas — 91
12. Lado B — 95

1
Café da tarde

Para Maria Emília *(in memoriam)*

Teu mais ligeiro olhar facilmente me descerra embora eu tenha me fechado como dedos, nalgum lugar me abres sempre pétala por pétala como a Primavera abre (tocando sutilmente, misteriosamente) a sua primeira rosa.

E. E. CUMMINGS

Ela sentiu, satisfeita, o cheiro do bolo de laranja e do café que estava passando. A água escura descendo no filtro de papel, exalando o perfume delicioso da época em que lanchava de tarde. A avó, naquela mesma cozinha antiga, chamando para o leite com bolo ou talvez pão com manteiga e açúcar salpicado por cima. O café que cheirava bem era só para a irmã mais velha e para a avó. Era proibido para ela. Criança não toma café!

Pegava o pão, o leite e ia se sentar na varandinha para ver os homens e seus tratores trabalhando na rua de baixo. Nivelando, aterrando, construindo um novo caminho para as pessoas. Ficava sozinha, nem ouvindo a conversa da irmã e da avó sentadas na mesa da copa, de tão compenetrada. Olhando e comendo, as mãos engorduradas pela mistura de manteiga e açúcar, e desejando experimentar a tal bebida interdita.

O café já estava quase todo na garrafa térmica e ela ouvia as vozes vindas da sala de jantar. Conversa de mulheres. A madrinha viera costurar, fazer umas capas de almofadas para as cadeiras da varanda, usando um tecido colorido, que ela comprara no dia anterior, no centro da cidade cheio e abafado. Verde-alface, azul-turquesa, laranja, amarelo, se misturando em um padrão alegre que combinava flores, formas geométricas, traços abstratos, absurdos.

A cozinha mais quente por causa do forno que acabara de apagar, após examinar, com um olhar não muito experiente, o bolo que se arriscara a fazer para o lanche agora raro. Sabia que a madrinha tinha esse hábito e queria agradá-la. Nunca vinha visitá-las. Agora mesmo tivera de arrumar o pretexto das tais almofadas para que ela viesse à sua casa. Da sala, as vozes escapavam para a cozinha. A companheira mostrava para a madrinha umas roupas que não cabiam mais, infelizmente, em nenhuma das duas. Aquele colete estampado, lindo, que custara uma pequena fortuna, devia servir na velha senhora.

Lá fora as cigarras cantavam, deixando a tarde modorrenta. As duas tagarelavam sobre as roupas, sobre o tempo, os cachorros, a vizinha. Conversa de mulheres. Não sabia por que pensava isso, mas pensava. De mulheres por quê? Não sabia, mas alguma coisa no tom das vozes vindas da sala de jantar, no final da tarde do dia de semana... A conversa sobre nada e sobre tudo. Talvez uma espécie de tom íntimo que nunca conseguira captar em nenhuma conversa de homens.

Sexismo? Não importa. Era assim que sentia. E sorria satisfeita ao perceber a intimidade entre aquelas duas. Sua companheira e a madrinha. Sentia nesta uma cumplicidade silenciosa. Ela não queria saber. Na verdade já sabia, mas não queria que soubessem que sabia. Tolice fácil de entender. A idade, a criação, mesmo o gênio, aparentemente preocupada com a opinião dos outros.

Uma vez havia provado, escondida pela escuridão do corredor entre a cozinha e a sala de estar, um gole do café roubado da xícara que levava para o pai cansado após o dia de trabalho. Não achou, na verdade, nada de mais. O gosto forte, mas sem-graça. Contudo, era um segredo só dela. O café era proibido, mas ela havia burlado as regras e ousara experimentar aquele líquido escuro que estava dentro da xícara comum, de louça branca com florzinhas azuis pintadas. Aquelas xícaras delicadas, cor de laranja com pássaros dourados, de porcelana japonesa, nunca saíam da cristaleira. Ela ficara fascinada com a imagem da gueixa no fundo das xícaras tão finas, quase transparentes, que a mãe lhe havia mostrado uma vez. Ficavam sempre guardadas. Todas as seis juntas, mais os pires, o bule de chá, a leiteira, a manteigueira e o açucareiro. Essas peças se destacavam no meio de uma verdadeira mistura de estilos. Uma parafernália que ia de um cachorro de louça (hoje lembrava como era horrendo e cafona, mas na época lhe parecia encantador, como todos aqueles objetos) até os três lindos bonecos de alabastro: o Pan flautista, o Cavaleiro e a Ninfa com os cabelos esvoaçantes.

A cristaleira ficava trancada à chave e esta, muitíssimo bem escondida (como já a procurara!), desde que ela pegara, desajeitadamente, uma bailarina de *biscuit* e, para seu terror, a deixara cair no chão de tábuas corridas recém-encerado. Lembrou como chorara vendo as mãozinhas espatifadas, bem como a cabecinha separada do corpo, fixando-a com os olhos minúsculos, acusando-a pelo delito.

Quando chegou à sala carregando a xícara com dificuldade, se esforçando para não derrubar nenhuma gota, deu com os olhos da madrinha, que a fitavam irônicos. Viu o gesto quase imperceptível avisando-a de que os cantos da boca continham delatoras manchas de café. Ao se limpar com susto, deixou cair no tapete boa parte do conteúdo da xícara. Ficou muito tempo sem poder repetir a travessura, pois todos (com exceção da madrinha) chegaram à conclusão de que ela era muito pequena para carregar xícaras de café.

O café estava passado. Agora, pegava as xícaras japonesas e procurava no armário da cozinha algum recipiente que combinasse com elas, para colocar o bolo que não havia solado, milagrosamente. Parecia impossível encontrar o que desejava, pois o estilo das duas era mais informal, mais "feira *hippie*". As vozes da sala continuavam chegando animadas e abafadas. Ouvia a madrinha falando alguma coisa e a companheira respondendo com um riso alto.

O prato grande de cerâmica não combina exatamente, mas deve servir. Paciência... Colocou uma toalha branca recém-lavada na grande mesa de madeira escura da copa, arrumou cuidadosamente as xícaras com seus pires e os pratinhos de cerâmica (conjunto do prato do bolo), catou na gaveta os garfinhos de sobremesa, alinhando-os ao lado dos pratos. Fez a mesma coisa com as colherinhas de chá e facas. Suspirando, pegou o porta-guardanapos de plástico (que pelo menos era cor de laranja). O açucareiro, o adoçante, o pão de milho, a manteiga, a geléia de damasco. No último segundo, se lembrou de despejar o café da garrafa térmica, que já se encontrava equivocadamente sobre a mesa, no bule de porcelana e chamou as duas.

A madrinha gritou da sala de jantar, com voz mais possante do que se lembrava: "Já vamos!" Enquanto apagava o cigarro na torneira do tanque e o atirava na lixeira da área de serviço, pensava preguiçosamente, reparando mais uma vez no canto das cigarras que entrava pela janela com o restinho de um sol vermelho e no sino de vento que tocava suavemente, balançado por uma brisa leve que refrescava a cozinha: conversa de mulheres.

2
Chuva

Para Adriana Lisboa

Como um trapezista que só repara na ausência da rede após o salto lançado, acendes o abajur do canto da sala depois de apagar a luz mais forte. E finalmente começas a falar.

CAIO FERNANDO ABREU

Eu estava no corredor da faculdade aguardando a situação se definir. Lá fora, o céu completamente negro às seis horas da tarde. Assim como negro estava o corredor iluminado somente por distantes e raras luzes de emergência. Uma agitação movia todas as pessoas em direções variadas, ninguém indo a lugar nenhum. Parecia um formigueiro no qual uma criança, por pura maldade ou curiosidade, enfia um graveto, mexe de um lado para o outro e depois salta para trás, gritando de excitação ao ver aquele mar de formigas furiosas e vermelhas se precipitando para fora pelos buracos construídos (destruídos) pelo pauzinho.

Parada de pé, encostada na parede do corredor, chupando aquele estúpido cigarro, sentindo a fumaça nociva e inevitável invadir meus pulmões, olhava as pessoas e as imaginava gritando: "Onde está a rainha? Temos de salvar a rainha!" ou "As formigas-soldado já se posicionaram?" Brincadeira idiota. Pura falta do que fazer. De repente eu vi! Engraçado, quando me lembro daquela visão sempre o faço em câmara lenta, a mesma imagem se repetindo, se sobrepondo, como um truque desses filmes modernos. *Matrix*, *Pulp fiction*, *Snatch*. Tento colocar no papel a cena como aparece na minha mente, ou como apareceu naquele dia, mas não encontro os adjetivos certos.

Pois bem. Eu vi. Ou melhor, eu a vi. Vinha andando com um colega, completamente molhada. A roupa colando no corpo, mas isso eu não vi. Eu vi apenas nascendo, nos cabelos curtos, lisos e negros, fios de água que escorriam lentamente pela nuca. Vi o sorriso no rosto vermelho de excitação por estar molhada, por ter subido oito andares pelas escadas, por não saber se todo o sacrifício tinha valido a pena, por não saber se teria aula no meio daquele caos provocado por uma simples chuvarada de verão. Vi tudo isso e senti muitas coisas mais que não consigo descrever.

Ao passar por mim, manteve o sorriso, só que direcionado para o meu rosto. Me encarando com aqueles olhos estranhos, amarelos, que pareciam dois faróis altos na penumbra do corredor. Tive um gato persa chamado Orpheu que tinha os olhos exatamente assim: cor de cobre. Articulei algumas palavras completamente desnecessárias. Disse com voz esganiçada: "Que chuva, não?" Mais tarde descobri o porquê dessas palavras.

Lembrei de um anúncio de TV, da época em que eu era criança. Era uma rede de postos de gasolina que havia publicado uns folhetos explicando o que fazer em situações de emergência no trânsito. O primeiro volume era sobre como dirigir na chuva. Na TV, aparecia uma mulher de óculos, com cara de atrapalhada, dirigindo debaixo da maior chuva. Ela esfregava a mão desesperadamente na parte interna do vidro para tirar o embaçado e comentava com o carona, com a voz que eu reproduzi: "Que chuva, não?" As dicas se sucediam, assim como as situações de perigo. Era isso. Eu me senti em situação de perigo. Não sabia bem o motivo, mas sabia que devia abaixar o farol, parar no acostamento, ir embora...

Não fiz nada disso. Continuei ali parada, chupando o cigarro, vendo-a se afastar em *slow motion*, entrando no banheiro, imagino que para se secar um pouco. Molhada e excitada. Credo! Dizendo assim fica com cara de texto pornográfico!

Antes que ela voltasse do banheiro, descobri que não haveria aula. As formigas foram, pouco a pouco, se acalmando, se retirando, descendo pelas escadas, formando filas indianas, mergulhando na chuva fina que restou daquela borrasca. Não esperei por ela. Entrei no fluxo, desci até o estacionamento, saí com o carro e me enfiei no engarrafamento.

Fiquei me questionando a respeito da impressão fortíssima que aqueles rios nascendo nos fios negros, deslizando pela nuca, morrendo na camiseta cinza onde estava escrito Greenpeace, me causaram. Não foi só isso, foi mais o sorriso, o rubor, os olhos estranhos, a cara de alegria por estar toda molhada. Eu já fui assim um dia. Chegava a correr para a chuva, abria os braços, levantava o rosto. Lembro-me de um dia em que fui da escola até em casa pisando em todas as poças d'água do caminho. Lembro-me da felicidade que senti e da tristeza pela bronca e pelo castigo dado pela empregada que cuidava da casa e de mim enquanto minha mãe estava no trabalho. "Dois dias sem ir à rua brincar! Você podia ter ficado doente!" É, mas não fiquei. Só fiquei alegre... e depois muito triste! Depois dessa vez, sempre que fico com a roupa molhada sinto calafrios e fico, invariavelmente, doente.

Cheguei em casa tarde. Ele estava lá, pregado no computador. Mapa astral. Janice já foi embora e deixou, como sempre, a comida nos pratos dentro do microondas, a salada na geladeira, no pote de plástico com a tampa verde. "Tudo bem?" "Hum hum..." "Já jantou?" "Hã hã..." "Peguei o maior engarrafamento!" "Hum..." "Me fodi na prova!" "Ah, é?" "Vai tomar no cu!" "Quê?!?!" "Nada. Brincadeira. Vamos jantar?"

"Mais um dia, mais um dracma", diziam-os gregos. Depois do jantar, fiquei meia hora na banheira pensando. Deitei na cama e comecei a ler. Quer dizer, abri um livro e fiquei olhando a mesma frase sem perceber o seu sentido. Ela em *slow motion* passando, rindo, vermelha, os olhos brilhando, o cabelo escorrendo. Greenpeace. Eu estava precisando mesmo de *peace*. Mas qualquer cor servia, não verde necessariamente.

Me lembrei do livro *Um beijo de colombina*, de um trecho que fala das mulheres casadas que se masturbam na cama de casal pensando no corpo de outra mulher. Mas por que aquela lembrança?

Não estava com a menor vontade de me masturbar. Apenas lembrar, pensar, rever a cena lenta, se sobrepondo em fragmentos: o sorriso, as bochechas vermelhas, os olhos brilhando. Abaixa o farol! Greenpeace. Além do mais, a julgar pelos últimos anos da minha vida, quando me relacionei sexualmente apenas com homens, estou heterossexual.

A última vez em que toquei o corpo de uma garota foi no dia em que estávamos no meu quarto, nos beijando, eu e a Cíntia, e minha mãe abriu a porta. Antes dela, houve a Miriam e a Patrícia, mas flagra só dessa vez. Minha mãe olhou, saiu, fechou a porta e nunca disse nada a respeito. Eu é que fiquei tão sem-graça que passei a ver nos olhos dela sempre uma acusação. Eu a olhava e sentia culpa, como se aquilo fosse muito errado.

Passei a tentar me relacionar com rapazes. Consegui e me senti bem (foi o que pensei até ver aquela cena: Greenpeace passando em *slow motion*). Confesso que senti até um certo alívio. Pelo menos estava relativamente enquadrada. Deve ser muito complicado viver tentando dizer às pessoas que sua vida não é anormal, que você não é doente, nem tarada. Mas, por outro lado, nunca consegui me livrar da sensação boa de beijar uma mulher e sempre desejar passar desse ponto. Ir até o final... Como fantasiei com isso, principalmente com a Cíntia, já que estávamos quase transando. Sempre me pergunto por onde andarão a Cíntia e a Miriam. A Patrícia eu sei que foi morar na Inglaterra com uma professora de Artes Plásticas que veio para o Brasil dar um curso. Enfim, parece que fui esquecendo com o tempo. Aí veio o Luís, o Maurício, o João e o Marcelo (filho-da-puta!).

Cochilei revendo a cena inúmeras vezes. Acordei com o barulho quando ele veio para a cama, às duas da manhã. Dormiu logo. Foi minha vez de levantar e ir para a janela do apartamento absurdo. Absurdo pelos quatro quartos, três banheiros, dois com banheira, por ser um por andar em plena avenida Portugal, Urca, IPTU caríssimo. Meu gol 86 chamado Catraca, pelo barulho que faz, dupla carburação dividindo o espaço na garagem com os importados blindados e o cacete a quatro. Mas a cavalo emprestado não se olham os dentes. O sogro insistiu tanto. E, cá entre nós, não é nada desagradável morar aqui, até pela diversão de participar das reuniões de condomínio de chinelos Havaianas, com as senhorinhas perfumadas com aqueles lenços Hermés.

Minha vida é uma grande farsa. Morar ali, trabalhar quarenta horas na seguradora, o marido vivendo dos raros alunos de astrologia e mais raros ainda mapas astrais de encomenda. Pelo menos ele se diverte. Eu só gostaria de saber por que eu tenho de fazer algo que detesto para pagar as contas enquanto ele se dá ao luxo de "trabalhar no que gosta", sem ganhar nem para o mercado.

Fiquei olhando pela janela o mar e os barquinhos no quadrado da Urca, rangendo suas cordas tranqüilamente. No início, achava deprimentes esses barcos velhos, sujos. Agora não. São fascinantes porque já saíram tantas vezes para o mar... Muito mais que eu.

Ela não saía da minha cabeça. Liguei o som e coloquei músicas breguíssimas, românticas. Sintomático. Mas nunca pensei em fazer sexo com ela. Só gosto muito de conversar nos intervalos das aulas, ela é tão inteligente, e tem um senso de humor fascinante. Tem sempre as respostas certas para todas as ocasiões. Sexo? Não... Será?

Cheguei à faculdade e ela já estava na sala. Me chamou para sentar a seu lado. Não fui. Sentei perto da porta. Não consegui olhar para ela em momento algum. Nem na hora do intervalo, quando se sentou na minha mesa, invadiu o meu campo visual com aqueles olhos. Desviei, li qualquer coisa, levantei. Simplesmente não consegui. Uma angústia, sensação de que nunca mais poderia me relacionar com ela como antes.

Não fui à faculdade quinta nem sexta. Sábado ela me ligou bem tarde. Marcelo estava na sala com um aluno e eu no quarto vendo TV. Falei com os olhos fechados vendo seu rosto em *slow*, rindo, molhada, Greenpeace. Perguntou se eu estava bem. Disse que não. Disse tudo. Disse o que eu não sabia e fui descobrindo conforme ia falando. Que havia muito tempo eu queria estar sempre perto dela. Odiava as férias, odiava os fins de semana. Queria tocar sua boca com a ponta dos dedos, leve, depois nem tanto. Queria acariciar sua nuca onde os rios haviam escorrido e minha mão nunca. Queria ver seus olhos amarelos se fecharem ao sentir a minha língua entrando em sua boca. Disse aquilo tudo com meu marido na sala ao lado.

Quer dizer, não falei nada disso. Só desejei ter coragem para fazê-lo. Na verdade, eu disse que estava muito cansada, gripada e estava dando um tempo para descansar e ficar boa logo. Ela respondeu que bom, estava preocupada, blablablá, vê se melhora logo, essas coisas, e desligou.

Com os olhos cheios de lágrimas, mordi o lábio sentindo raiva de Marcelo. Raiva por estar casada com ele, por ele ser tão egoísta. Acendi um cigarro e fumei no quarto, coisa que ele mais detestava. Enchi tudo de fumaça, soprei-a no travesseiro dele rindo diabolicamente. Depois abri a janela, respirei fundo e racionalizei. A raiva não era dele, mas de mim. Covarde, ligada a uma pessoa que não me dava mais atenção nem prazer de espécie alguma. Ainda por cima, ou ele estava brochado, ou estava tendo um caso. Eu andava desconfiada de uma ex-aluna que vivia atrás do Marcelo como se ele fosse seu mentor espiritual, seu guru. Uma gordinha meio ruiva com um nome antigo tipo Madalena ou Laurinda, que eu não saberia dizer se bonita ou feia, já que o rosto da garota era completamente escondido atrás de milhões de sardas.

Na verdade, devo confessar que de maneira meio cínica eu até torcia para que ele estivesse tendo um caso com a tal garota. Era uma maneira de ele não me procurar para transar e, ao mesmo tempo, me livrar da pena que porventura eu pudesse sentir dele. Em vez disso, eu poderia até sentir raiva e justificar plenamente meu desinteresse, minha falta de vontade de ir para casa quando ele estava lá.

Fiquei com pena de mim, com pena de nós... Eu havia amado muito o Marcelo e ele a mim, mas simplesmente acabara e nenhum de nós fazia o primeiro movimento para resolver a situação. Ele não era filho-da-puta. Eu é que havia mudado, me conformando com um emprego de merda em troca de determinados luxos. De nós dois ele é quem preservara nossos sonhos de adolescência, nosso idealismo, se recusando a "se vender", preferindo uma vida medíocre para poder trabalhar em algo que realmente lhe desse prazer. Eu é que era a filha-da-puta.

Fui até a cozinha, Marcelo não estava mais só com o aluno. A ruiva havia chegado (como eu não ouvi o interfone nem a campainha?) e estavam os três conversando animadamente sobre uma certa lua em Gêmeos. Grunhi alguma coisa parecida com um boa-noite e pude ver que eles bebiam vinho branco. Parecia estar gelado. Minha boca se encheu d'água, mas eu não me juntaria a eles nem que me torturassem. Eu havia caminhado até a cozinha para pegar água, mas mudei de idéia. Fui até a despensa e comecei a procurar uma garrafa de vinho. A merda da lâmpada estava queimada havia três meses e ninguém se movera para trocá-la. Assim eu não encontraria nada. Peguei uma vela na gaveta do armário ao lado do fogão, acendi e voltei à procura. Encontrei atrás da garrafa de vinagre de maçã. Achei o saca-rolhas velho (o novo estava na sala com aqueles três).

Abri a garrafa, peguei um copo daqueles comuns de água mesmo, já que as taças estavam no bar que ficava na sala. Fui caminhando pelo corredor sorrateiramente, passei rápido pela porta da sala, como uma criança fazendo arte, entrei no quarto aliviada. Na TV, em um canal que só exibe programas e filmes antigos estava passando *A noviça rebelde*. Nem acreditei. Me ajeitei confortavelmente, desliguei o telefone e bebi a garrafa de vinho sozinha vendo o filme pela milionésima vez em minha vida. Quando acabou, eu, levemente tonta, dormi um sono sem sonhos.

No dia seguinte, acordei cedo com uma idéia fixa e inusitada: eu precisava falar com minha mãe. Tive de agir rapidamente, pois se parasse para pensar, com toda certeza mudaria de idéia. Antes que Marcelo acordasse, saí de casa e peguei um táxi para a rodoviária e de lá um ônibus para Teresópolis. De carro, nem pensar. Não confiava no Catraca para subir a serra. A viagem foi agradável. Apesar do ar-condicionado, fui adivinhando o calor insuportável do Rio de Janeiro sendo deixado para trás, à medida que as casas rareavam e as árvores apareciam cada vez mais juntas. Fui trocando o cinza pelo verde e me lembrando de como isso me dava prazer.

Durante o curto trajeto, fiquei pensando em como tocaria no assunto com minha mãe. Nós nunca havíamos conversado muito. Aliás, eu não me lembro de ter tido uma única conversa séria com ela na vida, quando se tratava de algum assunto íntimo. Minha mãe era ótima para me ajudar a decidir questões práticas, mas nada além disso. Ela sempre me pareceu distante, fechada. Quase nunca nos abraçamos. Não foi pelo que aconteceu. Sempre foi assim, desde que eu me conheço por gente. Dois meses depois daquele dia, terminei o Ensino Médio, na época, Segundo Grau. Como já havíamos combinado, fiz o vestibular para a UFRJ, passei e vim morar no Rio de Janeiro, no Bairro Peixoto, no apartamento da tia Graça. Acabei abandonando a faculdade, mas como estava trabalhando fui ficando por aqui.

Cheguei diante do portão antes das nove da manhã. Ainda estava trancado. Bati palmas. Depois de alguns minutos, vi minha mãe abrir a porta com uma expressão meio irritada. Ops, devo tê-la acordado... Paciência. Entrei e a abracei com força. Quando dei por mim, estava chorando. O rosto de minha mãe imediatamente se desanuviou, dando lugar à consternação. "O que foi, minha filha?" Eu não conseguia parar de chorar, muito menos começar a falar. Acho que além de tudo eu devia estar com uma puta TPM.

Entramos e senti aquele cheiro característico da casa da minha mãe, que eu não sentia há muito tempo e do qual, naquele momento me surpreendi por constatar, estava com saudades. Algo parecido com suco de abacaxi, mas não exatamente. Fui relaxando. Gostei de ver a cachorrinha Linda. Estava velhinha, o focinho todo branco, cega de um olho, mas fora isso parecia muito bem de saúde e alegre como sempre. Ela deitou de barriga para cima, pedindo carinho. Fiz festinha nela enquanto minha mãe fazia aquele seu café fortíssimo, melhor que qualquer floral estimulante.

Sentamos à mesa da copa e bebi na xícara que eu tinha desde criança e que minha mãe ainda guardava. Branca, com coraçõezinhos coloridos pintados à mão, onde eu bebi muito leite com açúcar queimado. O gosto do café ainda era o mesmo. Fui direto ao assunto: "Mãe, lembra da Cíntia?" "Sim", ela disse. "Por que você nunca conversou comigo a respeito daquele dia no meu quarto?" Ela pegou o maço de cigarros, retirou um com as pontas das unhas pintadas de rosa clarinho cintilante (como sempre), encaixou-o na piteira de marfim (ou alguma coisa imitando marfim) mais velha que eu, levantou-se, caminhou até o fogão e pegou uma caixa de fósforos (não abria mão disso, nunca usara isqueiros), sentou-se novamente e acendeu, finalmente, o cigarro.

Tudo isso foi feito com uma calma, uma lentidão que lhe era peculiar. Principalmente quando uma pergunta havia sido feita. Aquela aparente calma prolongava os movimentos, o que lhe dava tempo para pensar bastante antes de responder. Mas, ao mesmo tempo, essa característica de minha mãe lhe conferia uma aparência fina, sofisticada. Parecia uma bailarina executando passos lentos e elegantes. Ela ainda era muito bonita. Mesmo tendo acabado de acordar, seu cabelo parecia estar sempre arrumado. Ao contrário de mim, que sempre acordo com cara de quem passou a noite se atracando com ursos.

Depois de dar algumas tragadas, minha mãe finalmente falou. Eu, no instante em que ela começou, pensei que algo estranho estava acontecendo. Suspeitei do café e o cheirei discretamente para ver se descobria indício da presença de alguma droga estimulante. Afinal, ela nunca falava e dessa vez falou. E como falou. Ela me disse que nunca comentou nada sobre o flagra porque achou que simplesmente não havia nada digno de comentários. Ela, que era viúva desde que eu tinha dois anos, havia se relacionado não com uma, ou duas, nem mesmo três mulheres. Ela o havia feito com várias, durante muitos anos, e achava que eu sabia disso. Ainda teve o desplante de me dizer que não pensava que eu era tão idiota a ponto de nunca ter percebido, nunca ter questionado o fato de ela, uma mulher vaidosa, cheia de vida, ficar viúva aos vinte e seis anos e encerrar a vida sexual. Nunca ter aparecido com nenhum homem e volta e meia estar envolvida com uma "melhor amiga".

Comecei a rir, me achando a pessoa mais imbecil do mundo. Lembrei-me de certos olhares, determinadas situações, portas fechadas, ruídos não identificados, risadas, o carinho entre minha mãe e a dona Cora, cunhada do seu Toni da padaria, que vivia me dando presentes, trazendo sonhos (que eu adorava) para o meu lanche da tarde. Lembro-me daquele dia em que fomos, as três, até Lumiar, nadar no Poço Feio. É verdade... Eu mergulhava com nadadeiras, máscara e *snorkel*. Quando levantei a cabeça para fora da água, tive a impressão de ver, através da máscara embaçada, as duas se beijando na boca. Mas eu devia ter uns sete anos na época, e não pensei muito no assunto. Com certeza fora apenas impressão.

Um dia, dona Cora, que fora a melhor amiga da minha mãe por uns três anos, desapareceu de lá de casa. Fiquei triste, pois gostava muito dela. Quando perguntei à minha mãe sobre o assunto, ela me disse que as duas haviam se desentendido. Alguns meses depois, minha mãe me apresentou à nova professora de inglês do curso perto de casa. Uma americana muito loura, de olhos azuis, chamada Elizabeth. Elas passaram a ser amigas inseparáveis.

Na época em que minha mãe me deu o flagrante, ela estava sem nenhuma amiga específica. Estava em uma fase mais introspectiva, quase não saía de casa. A sua "amiga preferida" mais recente, a Carlota, tinha acabado de se mudar para São Paulo, com a Elizabeth, para abrirem um curso de inglês.

Eu me lembrava e ria cada vez mais. Minha mãe apenas me olhava com uma sobrancelha erguida, como sempre fazia quando estava espantada. Meu riso era quase histérico. Eu me odiava. Como podia haver neste mundo alguém tão burro?

Quando consegui me acalmar e parar de rir, suspirei e, pela primeiríssima vez na vida, consegui ter uma conversa longa e clara com dona Ester, aquela senhora linda, elegante, um tanto fria, inteligente e lésbica que era a minha mãe. Saí de Teresópolis me sentindo infinitamente mais leve e consideravelmente mais burra.

Cheguei em casa no final da tarde. Fazia um calor infernal e as cigarras cantavam enlouquecidamente. Coloquei tênis, bermuda, top, e fui caminhar na pista Cláudio Coutinho, na Praia Vermelha. No caminho de volta, encontrei a Vera e a Cláudia, amigas minhas que não via desde que larguei a musculação na academia, por absoluta falta de tempo. Caminhamos até o Garota da Urca, onde sentamos e pedimos uns chopes. Conversamos até umas nove horas. Foi muito bom matar as saudades. Voltei para casa. Marcelo ainda não havia chegado.

Acendi um cigarro, fui até a janela da sala, me debrucei e fiquei pensando na conversa com minha mãe. Mas isso não resolvia minha situação com a Flávia. Ela tinha um namorado há mais de quatro anos. Se eu contasse a ela o que estava sentindo, com certeza ela até passaria a me evitar. Lá embaixo, um barquinho meio afundado, que tinha uma carinha safada pintada na proa, balançava com a maré que àquela hora estava subindo. A carinha me olhava e zombava de mim. Babaca! Namorou rapazes, casou com um deles só porque pensava que ia agradar à mãe. E ela não estava nem aí se você era lésbica ou deixava de ser. Que piada!

Tomei um banho gelado de chuveiro. Quando cheguei ao quarto estava nua e dei de cara com Marcelo deitado na cama. Ele me olhou, sorriu e disse: "Estava com saudades de te ver assim". Eu senti um arrepio de repulsa e percebi, naquele momento, que jamais transaria com ele novamente. Peguei a roupa que havia deixado sobre a cama e comecei a me vestir com urgência. Marcelo segurou o meu braço e fez a pergunta que eu descobri, naquele momento, estar doida para ouvir: "Você quer se separar de mim, Manuela?" Não precisei usar a tática de minha mãe. Mal ele havia acabado de perguntar e eu já estava respondendo. Confesso que fiquei magoada com o olhar de alívio que ele me lançou ao ouvir a resposta, mas isso também passou, assim como o amor que sentimos um pelo outro durante alguns anos.

Aluguei um apartamento em Copacabana, no prédio ao lado daquele onde eu havia morado com a tia Graça, que voltara para Teresópolis. O apartamento dela estava alugado, mas mesmo que não estivesse eu não ia querer morar lá sozinha. Muito grande. Chega! Agora eu queria um quarto-e-sala. Uma semana depois de me mudar, fui até a Suipa e adotei uma gatinha vira-lata bem novinha. Eurídice.

Durante aquelas semanas, fui poucas vezes à faculdade, depois entramos em recesso de fim de ano. O calendário estava confuso por conta de uma greve no início do ano e iríamos voltar às aulas em janeiro. Passei o Natal com minha mãe e tia Graça em Teresópolis, pela primeira vez realmente feliz com a companhia delas, e o ano-novo com a Vera e a Cláudia, mais os namorados e filhos, na praia de Copacabana.

Fiquei esse período sem telefone, portanto sem internet. Incomunicável. Sem ver a Flávia. Ainda não sabia como lidaria com a questão. Quando as aulas recomeçaram, no primeiro dia, ao entrar no corredor dei de cara com aqueles olhos amarelos. "Abaixa o farol!", sussurrei para mim mesma. Ela me perguntou o que havia acontecido, por que eu nunca mais havia telefonado, se ela fizera alguma coisa para me magoar, pensava que éramos amigas, enfim, me azucrinou com perguntas e cobranças. Consegui me esquivar, pois o professor apontou lá no início do corredor. Falei: "Conversamos depois, tá?"

Passei as duas horas de aula sem ouvir uma palavra sequer do que o professor disse. Fiquei pensando em tudo que havia acontecido desde o dia da chuva. Principalmente na conversa que tive com a minha mãe e no que eu "descobri" sobre ela. Pensei em todas as coisas que eu deixara de fazer por medo do que minha mãe pudesse pensar de mim. Na verdade, talvez o medo fosse de estar errada, já que a acusação estava apenas na minha cabeça. Se nós, na época, tivéssemos conversado, minha vida poderia ter sido muito diferente. Se melhor ou pior eu não sei, mas com certeza eu teria feito mais coisas que desejava fazer, pois provavelmente me sentiria mais capaz de enfrentar os possíveis preconceitos, com a ajuda da minha mãe. O professor falava e eu só identificava os sons das palavras, sem perceber o sentido, como se ele (ou eu) estivesse dentro de uma bolha ou algo parecido.

Quando a aula acabou, chamei a Flávia para conversar. Dessa vez eu não fugiria por medo. Compramos duas cervejas no bar em frente à faculdade e voltamos ao estacionamento. Entramos no carro (fiquei com ele, já que Marcelo não sabe dirigir). Estava nervosa, e dessa vez fiz como dona Ester. Ocupei o tempo com os movimentos mais lentos que consegui, pensando no que diria, no que faria. Respirei fundo e comecei a soltar tudo que queria ter dito naquele dia, ao telefone. Caminhão sem freios descendo a ladeira. Agora não havia como voltar atrás. Disse que desde o dia em que a vi com os rios escorrendo dos cabelos e percorrendo sua nuca não conseguia mais parar de pensar nela. Falei por muito tempo e ela só me olhava com os olhos amarelos, brilhando mais quando refletiam os faróis de algum carro manobrando no estacionamento. Falei tanto que ela não agüentou e me interrompeu com uma frase que não só estancou minha verborragia, como me fez mais uma vez ter aquela sensação de alívio e de consciência da minha estupidez: "Já não era sem tempo!" O que aconteceu em seguida foi algo como uma colisão de frente que me deixou sem qualquer possibilidade de reação. Pude ver quando os olhos amarelos brilharam e imediatamente depois se fecharam, no momento em que ela segurou os meus cabelos e aproximou da minha a sua boca aberta.

3
Subida em Santa Teresa

Para Laura Bacellar

*Passava como uma navalha através de tudo;
e ao mesmo tempo ficava de fora, olhando.
Tinha a perpétua sensação, enquanto olhava os carros,
de estar fora, longe e sozinha no meio do mar;
sempre sentira que era muito,
muito perigoso viver, por um só dia que fosse.*

VIRGINIA WOOLF

Entro no ônibus às seis e quarenta da tarde. Sempre vou à aula de carro, mas naquele dia havia ido direto do centro da cidade. Fui até o ponto final para pegar o micro-ônibus mais vazio. Andei pela avenida Rio Branco, tentada a entrar em alguma livraria e comprar um ou dois livros de que preciso bastante. Ou comprar algum que me dê apenas prazer. Sem necessidade. Mas estou dura e não dá para comprar nem um nem outro.

Tive aquela sensação que vem aumentando aos poucos. Vontade de sumir diante da confusão de pessoas indo e vindo, todas com pressa, a maioria mal-humorada. Camelôs gritando e olhando incessantemente à volta, vigiando. Olho de bicho assustado. Vi na rua de trás os guardas municipais com seus uniformes parecidos com as roupas das Tartarugas Ninjas. Medo. Quase pânico. Pânico maior diante desta palavra.

Cheguei ao ponto e esperei uma eternidade absurda pelo fato de ser hora de *rush*. Finalmente ele veio, entre o trânsito endoidecido. Pequeno demais para o número de passageiros que carrega ladeira acima. Mas naquele local ainda encontro um lugar vazio na janela. Seis e quarenta da tarde, mas isso eu já disse.

O ar-condicionado está quebrado e eu me sinto realmente aliviada por isso. Prefiro sentir calor, mas poder abrir bem a janela e quase colocar a cabeça do lado de fora. Fugir da parte de dentro do ônibus, que está cada vez mais cheia. As pessoas se espremendo e irritadas, irracionalmente, com quem está sentado, reclamam, praguejam e se questionam sobre a relação custo/benefício entre encarar todos os dias essa condução infernal e o salário de merda que ganham, que lhes dá o direito de morar em um bairro com fama de ser boêmio, meio *hippie* pós-moderno, e levar essa vida de burguês fodido.

Na rua da Carioca, o ônibus praticamente pára no engarrafamento. Um carro de polícia toca a sirene inútil e escandalosamente, me dando uma enorme vontade de gritar. Em frente ao Bar Luiz, minha boca se enche d'água quando penso no chope, ou na cerveja que não vou tomar quando chegar em casa, mesmo sendo verão, mesmo sendo sexta-feira, porque meu primo me convenceu de que eu estava bebendo demais e dois tios nossos morreram de cirrose etc. etc. etc.

Depois de séculos na rua da Carioca, quando eu já começava realmente a devanear, tentando entrar em meu estado mais profundo de meditação, no qual me imagino nua nadando em um lago transparente e gelado, cheio de esmeraldas no fundo, entramos na Gomes Freire. No último ponto antes de a subida começar, um número inacreditável de pessoas invade o ônibus com mochilas e sacolas de supermercado. Duas moças entram com sorvetes de casquinha, para espanto geral diante da ousadia. O passageiro que está a meu lado parece que vai entrar em pânico diante de um dos sorvetes que paira, ameaçadoramente, sobre sua pasta de couro marrom, sua calça, seus sapatos e sua cabeça. A moça bonita nem repara na aflição do homem, e continua conversando animada com a outra, olhando à volta, de vez em quando lambendo a massa branca (deve ser baunilha ou coco. Desejo... Pelo sorvete ou pela língua vermelha e ágil que o lambe? Sinceramente, nem sei...). Ele tenta me espremer mais ainda, mas uso o recurso dos homens mal-educados e, embora lembrando da minha avó que dizia que moças comportadas sentam de pernas fechadas, abro bem as minhas, como se tivesse de acomodar dois *air bags* entre elas. Aliás, duvido que algum homem realmente precise abrir tanto as pernas para sentar. Eles fazem isso de sacanagem. Eu não. Faço para me defender. Tá legal! Às vezes faço de sacanagem.

Finalmente começamos a subir e, apesar das curvas e paralelepípedos que fazem o ônibus lotado trepidar, pelo menos já não me sinto sufocada pelo cheiro de fumaça de outros carros. Meto o nariz para fora do ônibus e resolvo que vou ignorar seu interior. Vejo as improváveis banheiras que alguém de imaginação poética colocou na calçada, nas quais plantou (não sei se a mesma pessoa, ou um colaborador) flores. Constato, emocionada, que as banheiras estão florescendo. Depois fiquei pensando em como seria engraçado se eu escrevesse simplesmente isso: "As banheiras estão florescendo!" E é só isso. Elas estão mesmo.

Agora consigo apreciar as casas. Adoro olhar as janelas iluminadas. Me dá uma sensação de conforto, aconchego. Fico observando as cores das paredes, os móveis, as cortinas. Gosto mais das que têm luzes indiretas. Abajures, *spots*, luminárias de canto, daquelas que encontramos facilmente nas lojinhas de artesanato do bairro. Odeio luzes frias. Principalmente as brancas. Me lembro do dia em que meu pai veio com a novidade: luz fluorescente branca na sala. Era moderno! O sofá era azul-turquesa, de napa, com uns botões prateados. Meu Deus! A cortina era cor-de-vinho sobre a parede verde. Hoje seria considerado *kitsch*.

Há uma casa antiga que o dono coloriu todinha. Parece desenho de criança. Uma janela é verde, outra vermelha, há uma escada com um degrau de cada cor. O ônibus sobe devagar. Vai descarregando as pessoas já menos irritadas e mais barulhentas pelo caminho. Meu companheiro de banco desistiu, definitivamente, de me espremer e, vejo com o rabo de olho, observa atentamente, com a testa franzida, o são Jorge bordado no pano pendurado atrás do banco do motorista.

Cruzamos com um bondinho iluminado, descendo quase vazio. Vai subir lotado, com os moleques pendurados fazendo acrobacias perigosas no estribo, em um arremedo de vôo rasante sobre os paralelepípedos, desviando de postes e carros estacionados.

O Curvelo está cheio de gente. Hoje é dia de ensaio do Bloco das Carmelitas e os vendedores de cerveja começam a chegar com seus imensos isopores. É quase carnaval. Chegamos ao Largo dos Guimarães e nesse momento o ônibus está bem mais vazio. Há alguns assentos vagos e começo a relaxar. Já posso olhar mais atentamente para dentro. Não sinto mais a necessidade absurda de meter a cabeça para fora do ônibus, fugindo. O passageiro do meu lado se levanta, e eu, aliviada, fecho as pernas.

É a minha vez de saltar. Vou caminhando lentamente, procurando as chaves na bolsa, sentindo, com prazer, a brisa fresca da noite e o cheiro de jasmim que vem do enorme quintal da casa amarela de janelas brancas. Passo na porta do bar e aceno para alguns conhecidos. Este lugar é uma pequena província. O vizinho mexeriqueiro me vê chegando e, como sempre, desde que eu, educadamente, lhe pedi que não se metesse na minha vida, após ele ter "contado" ao meu pai que eu estava andando com uma "sapatona", provavelmente esperando que ele me colocasse de castigo, apesar de eu morar sozinha e ter quarenta anos, esperou que eu me aproximasse bem e fechou a janela com estrondo. Eu, como quase sempre faço, rio com os meus botões e entro. Acendo minha luz indireta e um incenso de benjoim. Coloco um CD de mantras indianos. Como um sanduíche de queijo *cheddar*, tomate e broto de alface no pão integral. Aconchego... Solidão. Penso nela novamente.

Tomo banho, lavando os cabelos com aquele xampu com cheiro de flor de laranjeira, visto uma saia, uma camiseta, um perfume. Reluto um pouco antes de ajeitar, diante do espelho, meu véu de freira Carmelita. Passo delineador e batom escuro. Pego na geladeira a última cerveja gelada (foda-se o meu primo!), dinheiro para comprar outras tantas retiradas dos isopores gigantescos, e parto para o Curvelo a pé.

4
Virtude

Para Flávio Carneiro

A verdade é sempre algo que é dito, não algo que é conhecido.
Se não houvesse fala ou escrita, não haveria verdade em nada.
Haveria apenas o que é.

SUSAN SONTAG

Clóvis

Clóvis estava sentado em seu banco preferido do jardim do terreno que ocupava quase um quarteirão do bairro de Santa Teresa. Há dez anos, desde que se casara com Amparo, mudara-se para esse local magnífico, longe do burburinho, da imundície, dos mosquitos e da gentalha que habitava a parte baixa do Rio de Janeiro. Sua mulher, na época com quinze anos, logo ganhara cor nas faces normalmente pálidas. Ficara ainda mais bonita, com seus cabelos louros e frágeis olhos azuis, contrastando com as bochechas vermelhas pelo frio do bairro alto.

Clóvis recebera um dote bem baixo do pai da mocinha, pois este se encontrava à beira da falência, mas não lamentava nem um pouco esse fato. Na verdade, estaria disposto a se casar com tamanha formosura mesmo sem nenhum dote. Aos quarenta e dois anos, cansara-se da vida desregrada, sem pouso e sem herdeiros para a fortuna herdada do pai e aumentada com o próprio trabalho. Quando resolveu que queria se casar, procurou por toda parte uma moça que correspondesse a todas as suas expectativas em relação a uma esposa. Soube que Sá, dono de uma loja de tecidos meio falida localizada na rua do Ouvidor, tinha uma filha em idade certa. Sá, apesar do ponto excelente, era um péssimo comerciante e, além do mais, andara metido com uma polaca de olhos verdes e seios imensos que lhe arrancara, a cada noite, tostão por tostão por entre gemidos guardados por muitos anos, devido ao respeito e ao desinteresse por sua mulher, a miúda e correta Nazareth.

Clóvis, ao se apresentar a Sá, foi, rápido demais para os costumes da época, convidado para jantar e conhecer a menina de catorze anos. Ele ficou encantado com a garota. Sabia, como era de esperar, francês suficiente para manter um diálogo mínimo e não envergonhar seu marido em sociedade, piano, bordado e prendas domésticas aprendidas no colégio interno. Clóvis ficou deliciado diante do piscar de olhos assustado da mocinha. Ele, que já era um homem de prazeres gastos na cama de numerosas cortesãs, imaginou a delícia que seria ensinar àquela garota a maneira de satisfazê-lo, dentro da moral exigida a uma mulher de família, logicamente.

Entre namoro e noivado, ambos monitorados por uma implacável Nazareth, passou-se um ano. No dia 2 de outubro de 1863, finalmente Clóvis levou para a cama a linda e tímida Amparo, com os cabelos cheirando a flor de laranjeira, medo legítimo nos olhos e cabaço intacto tomado à força (visto que era seu direito), por um marido ansioso demais e, por isso mesmo, assustador. Depois de uma semana de lua-de-mel, passada em Petrópolis, Amparo já não se mostrava tão descontente quando Clóvis tocava seu braço de maneira insinuante, dando o sinal de que queria seu corpo. Devia estar perdendo a timidez e se entregando com maior boa vontade aos desejos do marido. Poderia-se dizer, contudo, que a moça nunca chegou a gostar desse tipo de atenção. Aliás, era exatamente o que poderia se esperar de uma mulher virtuosa.

Ele sabia que era extremamente competente na arte de fazer amor, pois prática era o que não lhe faltava. Mas obviamente não se excedia com a mulher, visto que isso seria inadmissível. Mantinha-se, quando estava com a esposa na cama, dentro do que considerava ser o limite do comportamento adequado à moral e aos bons costumes. Nos primeiros meses, a resistência da mulher aguçava ainda mais a libido de Clóvis, custava muito a ele controlar-se, mas quando notou uma conformação por parte da moça, e devido a essa contenção dos impulsos, imposta por ele mesmo, começou a procurá-la cada vez menos. Ao final de dois anos de casamento, faziam amor exatamente duas vezes por semana: às quartas e aos sábados.

Aos vinte anos, Amparo já cumprira a principal obrigação de uma boa esposa: lhe dera um filho e uma filha, um herdeiro para os negócios e uma princesinha para quem ele poderia tratar um magnífico casamento. Ambos louros e delicados como a mãe. Ela, apesar das duas gestações, continuava com um corpo de menina. Esbelto, delgado. Apenas seus quadris haviam-se arredondado e seus seios, antes pequenos, agora enchiam suas mãos e se destacavam, tentando sair do decote. Clóvis, depois de um tempo de recesso, voltara logo à cama das cortesãs. Apesar do imenso desejo que ainda sentia cada vez que vislumbrava a curva dos seios de Amparo, ou sentia seu cheiro, sabia que devia respeitá-la, como mulher de família. Jamais pensaria em pedir à sua virtuosa mulher as coisas que sussurrava aos ouvidos daquelas de quem comprava o corpo por bastante dinheiro e jóias. Nem cogitava ensinar a ela as coisas pecaminosas que praticava com as outras. Não tomara uma amante fixa como fazia a maioria de seus amigos. Queria evitar aborrecimentos que porventura pudessem incomodar Amparo. E, nas noites em que realizava as suas mais extravagantes fantasias, fechava bem os olhos e imaginava que o corpo que tinha junto ao seu era o de sua mulher. Depois se sentia culpado por imaginar Amparo praticando semelhantes atos e comprava-lhe jóias caras, ou a levava ao teatro, ou para passear em Petrópolis, Paris, ou onde mais a moça desejasse ir.

Sentado no jardim, ouvindo as cigarras cantando naquela tarde agradável de verão, ouviu as vozes e os risos da mulher e dos filhos, que se encontravam de férias, e chegavam da visita à casa de Nazareth, agora viúva.

Como lhe prevenira Sá, desde o começo, Amparo não tinha voz ativa para organizar uma casa. Era delicada demais para se fazer respeitar pelos escravos. Ela vivia em devaneios, lendo seus folhetins, brincando com os filhos no jardim, tocando piano e, à noite, observava estrelas através do telescópio (que custara uma fortuna) que pedira de presente de aniversário. Ele se admirara, já que a astronomia não era particularmente adequada a uma mulher, mas como sempre, diante das rogativas de sua esposa sorridente e amável, enquanto escovava languidamente os cabelos soltos à luz de velas vermelhas – acesas sempre nas noites de quartas e sábados, mais especificamente antes de irem para a cama –, apenas pudera rir diante do pedido insólito e antes de beijar sua boca, contidamente, concordar com tudo.

 Clóvis fora obrigado a contratar uma governanta eficiente e rigorosa, que mantinha a casa funcionando de maneira impecável. Fora esse pequeno aborrecimento, em todos os outros aspectos se dava maravilhosamente bem com a mulher. Ela parecia sempre concordar com as opiniões do marido. Possuía um senso de humor fino que sempre o surpreendia e agradava. Durante os primeiros anos do casamento foi tímida e arredia, o que desagradava Clóvis, que queria exibi-la à sociedade, aos amigos, que, com certeza, o invejariam por ter conseguido uma mulher tão encantadora e virtuosa, já que, ao contrário de muitas mulheres de amigos seus, não gostava de roupas espalhafatosas, de cores fortes como vermelho ou amarelo, e reservava os decotes para os vestidos caseiros, usados apenas diante do marido e dos filhos, decotes, aliás, que deixavam Clóvis louco de vontade de quebrar a regra das quartas e sábados. Amparo preferia sempre cores discretas e vestidos que lhe cobriam inteiramente o colo e os braços. Só se permitia ser extravagante nas jóias. Clóvis, por perceber a sedução que diamantes e esmeraldas exercem sobre a mulher de gosto tão refinado, gastava muito com lindas e caras peças e queria que Amparo as mostrasse a todos, aumentando o próprio prestígio e, obviamente, o de seu marido. Clóvis a levou a algumas festas, das quais Amparo sempre voltava com dor de cabeça e irritada. Foram necessários seis anos para que Clóvis finalmente quebrasse sua resistência.

 Em uma festa, ele a apresentou a seu amigo Rui e sua mulher Luísa, que haviam se mudado para o Rio de Janeiro, depois de morarem no Maranhão desde que se casaram. Elas fizeram imediata amizade e se lembraram de que haviam estudado no mesmo colégio interno, embora em turmas diferentes, já que Luísa era alguns anos mais velha que Amparo. A partir desse dia, Amparo desencantou e passou a ter prazer em comparecer a festas. Para surpresa de Clóvis, ela chegou a propor ao marido darem, eles mesmos, uma festa em sua mansão de Santa Teresa.

Por essa época, o filho mais novo, assim como a mais velha, foi para o colégio interno, e Amparo passou a se sentir muito solitária. Andava pelos cantos da casa sem ter o que fazer. Foi ficando triste, perdendo a bonita cor das faces, até que Clóvis a aconselhou a visitar Luísa e chamá-la para as compras no Centro, ou irem à igreja juntas, ou outras distrações de mulheres. Amparo seguiu os conselhos do marido e a mudança foi extraordinária. A cor em seu rosto reapareceu e Clóvis voltou a ouvir a risada alegre da linda Amparo ecoando nas paredes do casarão de Santa Teresa.

Certa vez, Correia, um amigo de Clóvis, conhecido por sua mania de falar da vida alheia, disse: "Que coisa! Sua mulher e a do Rui não se desgrudam mais..." Ele respondeu: "Ora! O que tem isso? Acho muito bom que elas se divirtam. Se dissesse que era algum rapaz, mas Luísa! É uma mulher respeitabilíssima, cuja companhia tem feito muito bem à minha Amparo. Luísa até conseguiu uma façanha: fez da minha Amparo uma mulher mais sociável. Elas duas têm ido com freqüência a chás de senhoras, todos em casas de famílias sérias e corretas, é claro".

Quando andavam de braços dados pelas ruas do Centro da cidade, elas percebiam, satisfeitas, os olhares de admiração das pessoas que as consideravam duas senhoras virtuosas e respeitáveis.

Amparo

Aos oito anos, Amparo foi enviada a um colégio interno onde deveria ser educada para um dia desempenhar bem o papel que dela se esperava: o de esposa e mãe. Era uma menina tímida, parecida com uma fadinha. Loura e delicada, de pele fina, muito magra. Parecia frágil como uma boneca de porcelana. Certa vez, no colégio, se meteu em uma de suas raríssimas brigas com outra menina e uma das freiras veio correndo apavorada, gritando com a outra: "Pare! Vais quebrar os ossos da menina!"

Sentiu, nos primeiros tempos, muitas saudades da mãe. Do pai não, pois quase nunca o via. Uma vez ouviu, encostando o ouvido na porta, apesar de saber que isso era muito feio, a mãe conversando com a tia. A mãe parecia chorar e elas falavam algo sobre o pai passar muito tempo com "mulheres da vida" e por isso quase nunca estar em casa. Ela ficou curiosa, já que não sabia o que isso queria dizer. Mulheres da vida? Pois todas nós não éramos da vida? Mas não teve coragem de perguntar a ninguém, pois parecia alguma coisa proibida e má.

Amparo era inteligente e gostava de estudar. Ficava muitas vezes sozinha em seu quarto lendo, enquanto as outras meninas estavam na recreação. Só ia para casa nas férias e, portanto, seria de esperar que fizesse amizade com as outras alunas, mas era muito tímida e as outras meninas viam a timidez como pedantismo, soberba. Consideravam-na "metida" e por isso não se aproximavam. Ela passou, portanto, muitos anos sozinha, dedicada à leitura de tudo que lhe caía nas mãos, o que a levou a ser uma das melhores alunas, senão a melhor, da escola, instruindo-se, na verdade, muito mais do que seria desejável a uma moça.

Um dia, aos doze anos, Amparo estava no refeitório, destacada das outras alunas, como sempre, e viu, com o canto do olho, uma menina mais velha se aproximar com o prato de comida e sentar a seu lado. Começou a puxar assunto com Amparo, que se viu envolvida em uma conversa calorosa, agitada. Quando percebeu, estava falando também, de maneira animada, totalmente diferente do seu jeito usual de ser. A garota devia ter uns quinze anos, era morena de olhos rasgados e verdes. Chamava-se Luísa. Ficaram amigas, e essa amizade conferia a Amparo um certo *status*. Afinal, uma menina mais velha se dignava a dar atenção a uma garotinha.

A amizade estava cada vez mais firme e Amparo notava que algumas meninas, principalmente uma ruiva magricela, pareciam estar muito enciumadas com essa preferência de Luísa pela companhia da loirinha sem-graça. Nas férias, pela primeira vez Amparo ansiou pela volta às aulas. Não achou mais tanta graça em sua casa, com aquela mãe que fungava e se lamentava o tempo todo. Quando reviu Luísa, sentiu uma felicidade que não soube explicar. Esta, que era sobrinha da diretora do colégio, conseguiu algo praticamente impossível: escolher como companheira de quarto uma menina de turma diferente da sua. Amparo ficou maravilhada quando a amiga lhe deu a notícia. Dividiriam o mesmo quarto! Não precisariam mais se separar na hora de dormir! Poderiam continuar suas maravilhosas conversas sem fim, nas quais Luísa lhe dizia que seu maior sonho era conhecer as estrelas, saber o nome de cada uma delas. Certa vez, ela mostrou a Amparo um livro de astronomia velho e rasgado que ganhara de um tio considerado meio louco pela família. A menina se encantou com as estrelas e com a paixão da amiga por elas. Mais que tudo ainda, se encantou com a amiga, que para ela era mais que as estrelas. Era tudo naquele antes sombrio e solitário colégio.

Amparo estava com catorze anos. Havia ficado mocinha e seus seios finalmente tinham aparecido. Suas nádegas se projetavam, agora, estufando a calçola. Amparo passava alguns momentos dos seus dias, quando estava sozinha, admirando as mudanças do seu corpo. Um dia, havia saído do banho, acabara de se enxugar e estava nua, se olhando, envergonhada – sua mãe e as freiras do colégio viviam martelando em sua cabeça que o corpo da mulher era a origem do sofrimento do homem –, quando Luísa entrou no quarto sem bater à porta. Ficaram se olhando, Luísa mais a Amparo que Amparo a Luísa. Não disseram nada. Beijaram-se como se isso fosse o esperado, o certo, desde o início dos tempos. Amparo soube então o porquê dos olhares "assassinos" das outras garotas. Da ruiva em especial.

Amparo nunca se sentira tão feliz em sua vida. Estava apaixonada e nas noites brancas coloridas por Luísa trocavam juras de amor: "Se tiver de te deixar, me mato!" Mas sabiam que um dia iam se separar e não teriam coragem de se matar. Dois meses foi o tempo que durou essa paixão. Ou melhor, dois meses durou essa paixão com sexo, pois sem ele já era antiga. Sá veio um dia e levou Amparo. Havia um pretendente rico, que não exigia grande dote além da virtude da moça. Em um jantar, Amparo foi apresentada àquele que queria ser seu marido e tomar dela o que ela só queria dar a Luísa. Mas a quem poderia contar semelhante descabimento?

Clóvis era velho. Tinha idade para ser seu pai. Não era feio nem bonito. Medíocre seria a palavra perfeita para descrever aquele homem. À noite, em sua cama, Amparo repetia baixinho, raivosamente: medíocre, medíocre, medíocre... As lágrimas quentes escorrendo pelo rosto, molhando o travesseiro. Não era alto nem baixo, gordo nem magro, enfim, batata cozida: nem doce nem salgado. Apesar daquele olhar de fome que o vira lançar sobre ela, achava que poderia se dar bem com aquele homem, se não estivesse apaixonada. Mas estava. Não havia remédio, contudo. Teria de se conformar, já que seus pais achavam que era o melhor. Mas tinha de dar um jeito de avisar a Luísa o que estava acontecendo.

Durante um mês ficou praticamente presa em casa. Quando disse à mãe que estava querendo ir ao colégio falar com uma amiga, ela estranhou. "Falar o quê? Escreva, ora! Você aprendeu a escrever para quê? Temos muitas coisas a fazer em casa." Amparo ficou com medo de escrever e a carta ser lida por pessoas indevidas. Se isso acontecesse, estariam irremediavelmente perdidas. Um dia, Amparo e a mãe foram à cidade comprar aviamentos. Ao passarem pela porta do colégio, a moça pediu à mãe para deixá-la visitar a amiga. Nazareth permitiu, já que estava mesmo querendo arranjar uma maneira de consultar uma conhecida cartomante sem o conhecimento da filha.

Ao passar pelos portões de ferro, Amparo teve uma sensação inteiramente nova. Eles já haviam lhe inspirado terror, depois tristeza mesclada de tédio, e alegria pelo reencontro. Desta vez, eles representavam esperança. Esperança de que a amiga, a amante mais velha, mais experiente, concordasse com um plano perfeito, cuidadosamente elaborado durante aquele mês de angústia. Entrariam para um convento, onde pudessem continuar seu segredo, sua história de amor. Ao falar com a diretora, tudo se esvaiu. Suas esperanças, tudo. Os portões foram se fechando, esmagando-a enquanto a outra ia pingando as palavras devagar, indiferente: "Luísa saiu uma semana depois de você para se casar com o noivo que andava pela Europa estudando, a quem estava prometida há muitos anos. Já não era sem tempo..."

Um ano Amparo passou se preparando para o casamento. Um ano observando os homens e as mulheres em suas relações. Nunca se mostrou tão bisbilhoteira, nem leu tantos folhetins. Observava principalmente Clóvis. O velho com quem teria de passar a sua vida. As perspectivas não eram as melhores. Não sentia nada por ele, a não ser um vago desprezo, principalmente depois do dia em que ela pôde sentir nele um cheiro de perfume barato de mulher.

Sua noite de núpcias foi um desastre total. Pelo menos para ela. Foi tudo completamente diferente do prazer, da suavidade que sentira com Luísa. A incrível dor que sentiu quando Clóvis enfiou nela aquele pênis (sabia ao menos o nome) enorme e horroroso deixou-a nauseada, com vontade de vomitar. Ele sequer a acariciara. Foi logo levantando a sua camisola e se enfiando entre suas pernas. Quando ela, assustada, tentou se desvencilhar, ele a segurou à força, obrigou-a a abrir as pernas com seus joelhos e entrou de uma só vez. Simplesmente odioso. Foram os piores dias de sua vida. Saíam do quarto apenas para comer, coisa que ela nem conseguia fazer direito, devido à infelicidade, ao ódio por ter de se sujeitar a tal situação. Isso sim devia ser pecado! Ele a usava de manhã, de tarde, de noite, uma, duas vezes. Ela tinha medo de dormir e acordar com ele se ajeitando para entrar nela mais uma vez, incansável, dolorosamente.

Finalmente, um dia deixou de doer, e ela conseguia abstrair quando ele estava dentro dela. Enquanto ele se esforçava e gemia pateticamente sobre seu corpo, Amparo parecia que nem estava lá; certa vez, chegou a cochilar. Por sorte, Clóvis não percebeu, ocupado demais com sua *performance*. Felizmente, pois seria uma humilhação para ele. Ela sabia que Clóvis pensava ser o máximo e não era nem mesmo o mínimo. Mas quando ela deixou de odiar e passou a ficar indiferente, o interesse dele diminuiu, o que foi realmente um alívio. Ele passou a procurá-la para fazer sexo apenas às quartas e aos sábados. Depois de um certo tempo, ela começou a perceber que as coisas pedidas a ele nesses dias, antes de irem para a cama, eram sempre concedidas.

Amparo resolveu que, já que se rebelar seria inútil, o melhor que teria a fazer era descobrir os pontos fracos de seu marido e usá-los a seu favor. Reparou na atração incrível que seu corpo, especialmente seus seios, exerciam sobre Clóvis. Usava vestidos decotados quando queria conseguir alguma coisa. Desde uma jóia nova até uma viagem à Europa. Conseguia também pequenas e nem tão pequenas concessões do rígido marido para si mesma e, mais tarde, para os filhos. Descobriu sua capacidade de sedução e a usava sem a menor culpa, já que a considerava uma compensação diante de tudo de que fora obrigada a abrir mão.

Amparo teve dois filhos e depois passou a usar, escondida de Clóvis, é claro, umas ervas anticoncepcionais que a governanta lhe arranjava. Já cumprira essa parte da obrigação. Amava seus filhos, mas dois eram mais do que suficientes. Possuía muitos prazeres, porém não se sentia feliz. Adorava ficar com os filhos, ler. Adorava, sobretudo, observar estrelas. Lembrava-se de Luísa e pensava que talvez ela estivesse observando-as ao mesmo tempo e isso era um segredo só delas. As estrelas e os gozos que haviam compartilhado há tantos anos no quarto do colégio.

Clóvis também tinha seus segredos. Só que não o eram, na verdade. Amparo sabia bem quando ele estivera deitando em outras camas. Era sintomático. Primeiro, dizia que ia encontrar-se com os amigos e chegava tarde da noite com cheiro de perfume vagabundo. Depois, o dia seguinte, com algum presente caríssimo e inesperado. E, finalmente, a próxima relação sexual cheia de constrangimento, um ardor contido, mais do que o normal. Amparo pouco se importava. Na verdade até gostava, pois isso atenuava o pedacinho de culpa que sentia por viver pensando em Luísa, apesar de ter um marido que, segundo todos, era bom para ela e lhe dava tudo.

Amparo seduzira também Conceição, a governanta que o marido contratara para tomar conta da casa. Devido à fragilidade aparente de Amparo, com seus movimentos relutantes e delicados, seus olhos pálidos e sempre sonhadores, a rígida e corpulenta mulher a via mais como uma menina assustada do que como a dona da casa, e fazia-lhe todas as vontades, realizava os menores caprichos da moça. À noite, Amparo a chamava com sua voz infantil e animada: "Vem, Ceição! Vem ver as estrelas comigo! Olhe como a lua fica pertinho no telescópio!" E Conceição encantava-se com a lua e com a gentileza da moça em partilhar com uma velha seu mais querido passatempo. E enquanto estavam na varanda, observava a moça com os cabelos soltos levemente agitados pela brisa da noite, debruçada sobre o telescópio, olhando suas adoradas estrelas, e censurava mentalmente esse marido que deveria passar mais tempo com a menina em vez de freqüentar tanto certos lugares repreensíveis. Conceição revoltava-se contra Clóvis e jamais pensaria em criticar qualquer dos atos de sua querida patroa, por mais absurdos que pudessem parecer. Não havia, por parte da governanta, uma cumplicidade por serem mulheres, mas pena e verdadeira afeição pela fadinha inocente que acabara ocupando, em seu coração, o lugar da filha, morta há muitos anos, de febre amarela.

Clóvis vivia insistindo para que comparecessem a festas, freqüentassem a sociedade. Amparo odiava isso. Não via a menor graça naquelas mulheres vazias, naqueles homens tão ridículos quanto o seu marido. Era um pomo de discórdia. Ele a obrigava a ir e ela sempre se irritava e acabava passando mal. Mas um dia foi diferente. Estavam na casa do insuportável Alcides, quando Clóvis a chamou para apresentar-lhe um antigo colega de colégio e sua esposa. Amparo viu Luísa e seus olhos rasgados verdes devolveram o espanto em dose igual. Naquele dia, não tiveram oportunidade de se falar a sós, nem nos próximos, nos quais Amparo quis ir a todas as festas às quais sabia que Luísa compareceria. Propôs ao marido darem eles mesmos, pela primeira vez por iniciativa de Amparo, uma festa.

Queria falar com Luísa, mas não encontrava maneira. Amparo sentia culpa e, por isso, um pedido ao marido, para visitar a nova amiga em uma tarde, lhe parecia suspeito. Nessa ocasião, seu filho mais novo foi para o colégio interno em Petrópolis, onde a filha já se encontrava. Isso aumentou sua angústia, sua solidão, sua vontade de abraçar Luísa. Um dia, Clóvis, alarmado com o aspecto doentio da mulher, aconselhou-a a visitar a amiga para se distrair um pouco. Era a carta de alforria.

Amparo, no dia seguinte, escolheu, pela primeira vez, um vestido decotado para sair de casa. Perfumou-se, chamou a menina que lhe penteava e pediu que lhe arrumasse os cabelos como se fosse a uma festa. Encontrou Luísa sozinha lendo o livro de astronomia que ela lhe enviara de presente há alguns dias. Foram para o quarto, onde passaram a tarde inteira. Depois de oito meses de visitas diárias, fizeram, só as duas, uma viagem de quinze dias para visitar uma tia inexistente de Luísa. Estavam deitadas na enorme cama colonial do hotel em São Lourenço, quando Luísa perguntou a Amparo se gostaria de conhecer um grupo de três amigas que se reuniam volta e meia para tomar chá e outras coisas mais. Luísa contou que costumava freqüentar essas reuniões desde que regressara do Maranhão, mas desde que a reencontrara não fora mais. As três moças reclamavam de sua ausência e se mostravam curiosas para conhecer sua nova amiga.

Amparo aceitou a proposta de Luísa e as duas começaram a freqüentar, regularmente, as casas das três amigas de Luísa. As cinco passavam muitas tardes juntas. Amparo e Luísa, contudo, tinham um trato implícito: antes de tudo e de todas, estavam elas duas. Gostavam dessas reuniões, mas algumas vezes precisavam ficar a sós. Uma para a outra, como nos tempos de colégio. Tanto que freqüentemente uma lépida Amparo podia ser vista saindo de braços dados com Luísa, de uma casa na Glória, ou no Rio Comprido, em direção a Santa Teresa. Iam para a casa de Amparo continuar a "brincadeira" iniciada com as outras três senhoras respeitáveis da sociedade fluminense.

5
De mel de melão

Para Italo Moriconi

*Um coração
de mel de melão...*
Joyce

Estava com os olhos parados, observando o teto, enquanto movia as mãos nervosamente. Ansiosa, como sempre ficava cada vez que ela a deixava como agora. Sozinha. Inconsolavelmente sozinha. Se ela tivesse ido embora quando estava acordada, poderia ter tentado segui-la, mas não. Dormira em seus braços e acordara sozinha em sua cama, que agora lhe parecia imensa.

Ansiava por seus olhos, seu sorriso, suas palavras carinhosas. Perto dela sentia-se forte, capaz, destemida. Autoconfiança. Sim. Era isso mesmo. Aquela mulher dourada, de cabelos cheirosos e brilhantes era a única pessoa no mundo que realmente confiava, acreditava nela.

Naquele momento, lembrou-se de quantas vezes havia tentado caminhar sozinha. Seus passos eram vacilantes, bem o sabia. Mas apenas na companhia dela realmente o conseguia. Os outros, sempre tão solícitos, acabavam atrapalhando. Que inferno! Será que ela, sua amada, era a única a perceber que ela era frágil, sim, e, por isso mesmo, precisava de alguém que lhe dissesse: "Vá, meu bem. Você pode!" Dizia isso até que ela conseguisse, triunfante, superar o medo. Só ela. Seu bem, seu amor, que agora lhe faltava.

Já a abandonara várias vezes. Até hoje sempre voltara, mas como saber se desta vez não seria para sempre? Só de imaginar essa possibilidade, seus olhos se enchiam de lágrimas. Lágrimas que ninguém poderia consolar. Se ela não voltasse, faria um verdadeiro escândalo. Sem ela, sabia que morreria. Em sua expectativa e sua ansiedade pelo momento em que a veria entrar por aquela porta – linda como sempre, sorrindo como sempre, pronta para lhe aninhar nos braços, beijar seu pescoço causando-lhe arrepios e cócegas prazerosas, para depois lhe proporcionar aquele outro prazer, o que ninguém mais neste mundo poderia fazer –, criava uma história horrenda, verdadeiro dramalhão mexicano, no qual todos a olhariam com ar condoído e diriam "Não é nada. Já passou. Vai passar". Que diabos! O que eles pensam que sabem dela, de seus sentimentos, suas necessidades? A única com quem realmente conseguia se comunicar era ela, seu amor. Os outros sempre a olhavam com um ar abobado, achando que a compreendiam, mas sem, nem por um único segundo, adivinhar seus desejos.

Ela e seu amor adoravam ficar na praia, sem fazer nada. Apenas deitadas, abraçadas, cochilando, sentindo o calor doce do sol em sua pele muito branca. O sol da manhã, bem cedo, quando a praia era só delas, antes de chegarem as pessoas barulhentas. Naquela hora, não. O silêncio quebrado apenas pelo barulho das ondas mansinhas, batendo de leve na areia, naquela parte macia, onde gostavam de se sentar e deixar a água salgada (saborosa) molhar seus pés. Como era gostoso aquilo. Amava o sol, amava a areia escorrendo entre seus dedos, amava a água gelada molhando sua pele, mas, acima de tudo, a amava. Ela, sempre rindo, sempre gentil, lhe mostrava animada, parecendo criança: "Veja, meu bem, como a gaivota mergulha fundo para buscar o peixe!" Ou ainda: "Olha a maria-farinha! Corre de lado. Cuidado para ela não beliscar seu dedão!" E caía em gostosa gargalhada. Som líquido, cristalino, explodindo em seus ouvidos como divertidas bolhas de sabão.

Mergulhada em suas lembranças, perdeu a noção do tempo. Ela não voltara ainda. Faz muito tempo? Pouco tempo? Precisava saber. Achou que desta vez era definitivo. Essa certeza a fez começar a chorar baixinho, aquele choro magoado, que foi crescendo, se expandindo até virar um verdadeiro berreiro. Até que, por entre a cortina de lágrimas e as sereias, cavalos marinhos e estrelas-do-mar de resina colorida, que balançavam com o vento, logo acima de sua cama, a viu surgir, fresca, de banho tomado, com aquele suave cheiro de erva-doce. E, visão maravilhosa, ela sorria, como sempre.

Pegou-a, cuidadosamente, com carinho, murmurando: "Voltei, meu amor..." Beijou o pescocinho rosado, abriu, um a um, os botões de seu vestido de algodão branco, com florzinhas marrons, deixando entrever o seio branco, para seu prazer, sua satisfação. Não agüentou mais e abocanhou avidamente aquele bico rosado, sugou com força, fazendo sair o delicioso leite da mamada das quinze horas. Suspirou satisfeita e segura. Estava em paz.

6
Diário*

Para minhas "companheiras eróticas"

*delicado deleite do delito
doce veneno da libido
como cálido leite proibido*

MARIANO GD

Uma luz branca, outra branca, uma amarela, uma branca, um intervalo, depois tudo de novo: branca, branca, amarela, intervalo... cada vez mais rápido. Mais rápido, mais rápido... Os olhos atentos acompanhando a seqüência de luzes no túnel do metrô. Seu pensamento tentando inutilmente se concentrar naquela ordem, tentando perceber alguma mudança: branca, branca, amarela, branca, intervalo... até que só viu um grande escuro e depois a luz do dia. Mas é impossível prestar realmente atenção às tais luzes e ao sol que depois de dias de chuva finalmente aparece suave, mas quente o suficiente para fazê-la tirar o casaco, não sem antes reparar na blusa que está usando. Podia ser aquela furadinha nas costas (malditas traças!) e aí o jeito seria agüentar o calor. Não é. Está vestindo a amarela que ga-

---

* Este conto faz parte do livro *Todos os sentidos: contos eróticos de mulheres*, organizado por Cyana Leahy, publicado em 2003 pela C. L. Edições e ganhador do prêmio Alejandro J. Cabassa da União Brasileira de Escritores como melhor livro de contos de 2004.

nhou de aniversário da Márcia. Márcia, Márcia, mar se amar, se amar, se amar. Culpa dela também. Uma daquelas amigas que povoam as suas fantasias e a quem a sua boceta reage violentamente cada vez que ela toca seus cabelos. As mãos da Márcia deslizando nos fios lisos e amarelos que nem o trigo (o marido lhe dissera uma vez, em um dos seus raros momentos de suavidade) e a sua boceta ficando molhada, molhada, molhada, se contraindo até doer. Sempre fica constrangida achando que a outra vai perceber, mas ela diz que não se incomoda nem um pouco em penteá-la, que seus cabelos são macios e coisa e tal. Vive perguntando: "Você não vai querer que eu enrole seus cabelos?" Às vezes ela acha que a amiga sabe e faz de propósito e conclui que talvez ela também sinta alguma coisa parecida.

Finalmente tira o casaco e sabe que não é só por causa do sol. Esse calor vem se infiltrando em seu corpo há dias, aumentando cada vez mais. Acha que vai pirar. O trem pára e ela encosta a testa no vidro embaçado. Depois sente nojo. Quantas cabeças estranhas haviam sido necessárias para deixar o vidro imundo daquele jeito? Imediatamente se apruma e o trem recomeça a andar. Lento, depois mais rápido, mais rápido. E a vibração lhe provoca novamente as sensações que quer ignorar sem sucesso. Sabe que no meio daquele vagão de metrô, na tarde triste de fim de outono, só ela está sentindo aquilo. Olha disfarçadamente para os rostos. Sobretudo os das mulheres. Não detecta, em nenhum deles, qualquer expressão de prazer. Deve estar doente. A vibração no banco sempre faz que ela sinta entre as pernas uma umidade, um fluxo que lhe deixa com vontade de gozar. Mas seria impossível gozar naquele trem cheio de gente. Gozar sem sentido, sem um estímulo maior que alguns solavancos. Sentir essas coisas é aflitivo, mas delicioso. Como comer uma torta alemã quando se está de dieta. Uma delícia, mas invariavelmente acompanhada de culpa.

Cheguei em casa cedo. A greve da universidade parece que não vai acabar nunca mais. Já comecei a estudar tarde. Se continuar neste ritmo, vou acabar quando tiver idade para me aposentar.

Tomei um banho, jantei e fui até a casa do André. Levei o coitado para o quarto e pedi que ele me chupasse. Fechei os olhos e imaginei que era uma mulher desconhecida que estava ali. (Engraçado, nunca pensei que, nessa idade, eu fosse me interessar por mulheres.) Depois, pensei que deveria ser a mulher barbada do circo, pois o André estava com aquela barba de dois dias me arranhando as coxas. Comecei a rir, me desconcentrei. O tesão se foi. Levantei da cama rapidamente, antes que ele me perguntasse alguma coisa, e saí do quarto. Usei a mesma desculpa já gasta, esfarrapada. Falei da culpa, falei que se meus filhos soubessem, provavelmente ficariam revoltados, sentiriam como se eu estivesse traindo o pai deles. Não consigo transar, disse. Fiquei viúva não tem nem dois anos, blablablá... Espremi umas lágrimas muito fajutas e fui embora. Esse estado de coisas é muito complicado para o André. Eu me sinto "acesa" o tempo todo. Sempre que nos encontramos eu o arrasto para qualquer lugar onde a gente possa se esfregar. O problema é que eu nunca fico satisfeita. Nem ele. Nunca vou até o final. Nunca gozo. Falta sempre alguma coisa.

Voltei para casa e fiquei vendo TV. Aquela chatice de sempre. Os meninos ainda não chegaram. Meninos... Até parece. Um com vinte e dois, outro com dezenove. Estou realmente ficando velha... Preciso urgentemente falar com aquele carinha do computador. Já tenho quase a grana toda. Estou doida para ter internet em casa. Pelo menos não me sentiria tão sozinha. Além do mais, vai me ajudar nos trabalhos dessa faculdade tardia.

Eu já transei com mil mulheres. Qual é a diferença entre uma lembrança e uma fantasia? Depois que vivemos uma experiência, quando ela se torna passado, vai para o mesmo nível da fantasia. Ambas (sobre)vivem na cabeça, na imaginação. A segunda, inclusive, tem uma vantagem sobre a primeira. Ela ocorre como queremos. Pode ter contratempos, falhas ou pode simplesmente ser perfeita. Na falta de experiências reais, elaborei cuidadosamente todas as minhas fantasias sexuais com mulheres. Transei com louras, morenas, mulatas, ruivas, negras, gordas, magras, até com um travesti com um par de seios e um pinto enorme, descoberto apenas no quarto de um hotel de quinta no centro da cidade. Dessa vez, inclusive, apesar da transa ter sido satisfatória, fiquei imensamente decepcionada. Tenho sentido uma enorme atração por todo o corpo das mulheres, mas especialmente pela boceta. A minha, como já observei várias vezes, tem vida própria. Ela se manifesta nos momentos mais inadequados. Me fascinam seu cheiro, suas reações, seu sabor. Apesar da minha falta de experiências reais, já me masturbei muito olhando as fotos nas revistas que meus filhos "santinhos" escondem no fundo do armário. Olho para elas, examino atentamente os formatos (são todas diferentes umas das outras) e imagino que cada uma também deve ter um gosto especial, particular, único. Mas como ia dizendo, quando vi surgir, entre as pernas da loura cheia de curvas, aquele pintão, fiquei chateada, pois não poderia fazer o que mais me dá prazer: passar a língua devagar por toda a boceta, de olhos fechados, tateando, percebendo seu contorno, seu gosto, sentindo que com meus movimentos a faço ficar cada vez mais molhada, até fazê-la gozar na minha boca.

As minhas fantasias também têm uma característica interessante: como boas memórias que são, possuem cronologia correta. Não sofrem alterações. Todas estão devidamente registradas em meus diários, bem como esta pequena explicação. Aliás, acabo de perceber que me entreguei. Já que isto é um dos meus diários, todos saberão que meus casos são inventados. Mas todos quem? Só quem os lê sou eu. Nunca vou deixar que ninguém mais os leia. Caso contrário, podem achar que sou uma maluca. Uma lésbica maluca.

———

Finalmente, depois de economizar como uma avarenta, consegui colocar a internet aqui em casa. No meu quarto. Também, deixei de fazer uma porção de coisas que eu queria muito. Mas valeu a pena. Agora meu mundo realmente cresceu. Não escrevo há um tempão porque estava direto na internet. Estou absolutamente viciada. É um lugar onde estou sozinha e ao mesmo tempo conversando com um monte de gente, vendo o que as pessoas têm a dizer sobre vários assuntos. Estou fazendo pesquisas sobre tudo que eu tinha curiosidade de saber. Comecei a procurar informações sobre o lesbianismo. É fascinante. Consegui vários títulos de livros sobre o assunto. Agora não dá para comprar, mas estou anotando. Será que vou ter coragem de entrar numa livraria e pedir um desses livros? Aposto que o vendedor vai começar a gritar: "Olha! Ela é sapatão!" É nesse tipo de coisas que eu fico pensando. Vê se pode...

Entrei em alguns *chats* de lésbicas e comecei a conversar. Há todo tipo de pessoas! Existe uma moça, em especial, que ficou conversando comigo uma noite inteira. No dia seguinte fui trabalhar bêbada de sono. O nome dela (ou melhor, o *nick*) é Mel. Lindo, né? Ela parece ser muito interessante. Pena que more longe. Pensei até em tentar me encontrar com ela, mas fiquei com medo. Vou fazer o quê? Ela disse que não é muito bonita, mas e daí? Foda-se se ela não é bonita! O caso é que tenho pensado muito nela. Para ela eu tenho coragem de dizer um monte de coisas que não digo a ninguém. Sempre escrevo aqui, mas não é a mesma coisa. Neste espaço só posso interagir comigo mesma. Lá é diferente. Eu escrevo, mas vejo também aparecerem mensagens que outra pessoa escreveu. Como não conheço quem fala, é meio mágico. É como se meu subconsciente me enviasse mensagens, já que a Mel me diz tudo que eu penso e gostaria de ouvir. Ela me disse que a sexualidade é algo único, exclusivo e diferente para cada pessoa, que nada é pecado e que a gente deve se dar o direito de tentar tudo que possa nos fazer felizes. Adoro ouvir isso para variar, pois aqui em casa meus filhos sempre fazem de tudo para me convencer de que só existe um caminho, uma possibilidade, e o resto está errado. Certa vez, resolvi argumentar e perguntei quem tinha estabelecido o que era "o certo". Eles me responderam: "Todos, ora!" Depois de uma resposta dessas, nem discuti mais. Não adianta. São iguais ao pai. Sempre estão certos, prontos para julgar e condenar. Fodam-se! Aqui sempre me sinto estrangeira, inoportuna.

A cada vez que eu e Mel nos falamos fico absolutamente maluca. A gente conversa sobre várias coisas, mas ela também fica falando um monte de sacanagens. Ontem ela disse que havia se masturbado pensando em mim. Como pode, se ela nunca me viu? Nem mesmo uma foto. Quando fui deitar, enfiei os dedos lá no fundo da minha boceta, já que a dela não estava ao meu alcance, depois os lambi bem devagar, suavemente, saboreando o líquido sem nome, pensando na boceta da Mel, que eu nunca tinha visto (nem a Mel, nem a sua boceta), até que gozei forte. Será que a dela é doce? Tem gosto de mel?

Eu terminei o namoro com o André. Não agüentava mais ficar com ele pensando em outra pessoa. Quer dizer, na verdade nunca pensei realmente nele. Eu gosto dele como amigo. É uma boa companhia, é bonzinho, mas não dava mais. Ele ficou triste, nós ficamos tristes, chorei muito, mas passou. Foi melhor assim. Hoje nós saímos. Fomos ao cinema e depois comer qualquer coisa. Ele ficou querendo chegar perto demais, mas eu disse que se fosse para continuar assim eu não sairia mais com ele. Então sossegou. Acho que podemos ser amigos. A Márcia disse que isso não é possível e que ele só concordou em sair como amigo porque tem esperança de voltarmos a namorar. Sei lá. Vamos ver...

Estou uma pilha de nervos. Depois de dois meses de chove-não-molha, resolvi encontrar a Mel. Inventei a maior história para os meus filhos, para justificar a minha saída em um sábado à noite. Eles enchem o meu saco com essa marcação cerrada. Nunca posso falar com eles sobre as coisas que sinto, que penso. Sobre meus sonhos. Para eles está bem assim. Tenho um empreguinho e um namorado respeitador com quem eu troco no máximo uns castos beijos (ainda nem contei que terminamos). Vou me casar novamente, de preferência daqui a uns dez anos e, se eu agir corretamente, vou cuidar dos netos que eles vão me dar e ficar gorda, sem nenhuma vaidade, assexuada, pensando apenas no bem-estar da família. Eu vou é terminar a faculdade (se as porras das greves permitirem) e melhorar a minha vida. Quero sair dessa mediocridade. Me sinto completamente sozinha na maioria das vezes. Diferente. Eu e ela: minha boceta que está cada vez mais independente, me levando a fazer coisas que eu não faria se ela não insistisse. Ver a Mel, por exemplo. Tive de pedir à Vanessa para dizer a meus filhos, caso eles perguntem, que vou dormir na casa dela. Acabei de me ferrar de vez. Estourei o cartão de crédito para comprar uma roupa bacana. Quero que ela goste de mim. Me ache atraente. Só não sei o que vou fazer com isso depois.

Branca, amarela, branca, branca, intervalo, branca, amarela, branca, branca, intervalo. Aposto que ninguém nunca reparou que a ordem das luzes do metrô se inverte. Eu reparei, mais uma vez sentindo a minha boceta (estou quase dando um nome a ela) brincar com os solavancos do trem. Nervosa, ansiosa. Marquei com a Mel na Estação Flamengo. Longe pra cacete. Fiquei mais de quarenta minutos naquela agonia. Sentia que estava quase gozando, mas aí o trem parava e pronto. Já era. Um monte de vezes. Finalmente desci do trem afogueada. Olhei à volta procurando. Ela estava lá. Uma menina de uns vinte e poucos aninhos. Branquela, alta, óculos de aro preto (cara de intelectual), cabelos ruivos, bem curtos, penteados para trás com gel. *Sorry* pelo clichê, mas a boca tinha cor de cereja. Parecia andrógina e vestia algo indefinido, provavelmente comprado no Mercado Mundo Mix. Enfim, uma garoteca da Zona Sul, com aquela pinta de quem sabe tudo.

Me senti mal. Pobre, malvestida, um pouco acima do peso diante daquele manequim 38 e velha. Totalmente inadequada. Ela pareceu nem notar. Sorriu. Usava aparelho! Beijos no rosto e a proposta: "Vamos pegar o trem até a Estação Glória? Lá descemos, bebemos alguma coisa e depois vemos o que fazemos". Eu teria dito não. Teria desistido de tudo. Ela era muito decidida, muito segura para mim. Eu me sentia olhando de baixo para cima e essa sensação de inferioridade estava me incomodando imensamente. Acontece que eu estava ali não por mim, mas por ela: a Bebê (foi o nome ridículo que me veio naquele momento). Quando atravessávamos para o outro lado da Estação, eu só pensava se a boceta da Mel também teria cor de cereja. Ao entrarmos no trem, eu disse que achava melhor irmos diretamente para um lugar em que pudéssemos ficar sozinhas. Ela me olhou com tanta surpresa que fiquei pensando se eu parecia tão idiota a ponto de nunca ser capaz de fazer uma proposta daquele tipo. Depois deu aquele sorriso cibernético e disse: "Claro que sim!"

Descemos na Estação Glória mesmo (eu deveria ter desconfiado que havia algum motel por ali) e caminhamos até uma ladeira. Havia na esquina um boteco cheio de gente e eu pedi para pararmos e tomarmos uma cerveja. A seco eu não conseguiria. Enquanto eu bebia, observava as pessoas que lotavam o bar. Os homens olhavam para as minhas pernas e para a Mel. Eu sabia que todos sabiam que eu estaria, dali a alguns momentos, com o rosto afundado entre aquelas coxas brancas e finas buscando o que eu viera de lá da puta-que-o-pariu encontrar. Os olhares me acusavam: "Coroa sapatão! Sapatão!" Foda-se! Agora eu não voltaria para casa nem que me matassem. Não sem antes provar cereja com mel.

Ela pagou a cerveja, pegou minha mão e me puxou para a rua. Estava chuviscando e minha mão estava gelada. A mão dela, seca e quente, me deu uma sensação boa, que durou pouco, pois ela logo a largou, fazendo que eu me sentisse mais sozinha do que nunca. Acho que ninguém nunca ficou tão só quanto eu naquele momento. Andamos alguns metros, até que ela parou, me olhou fundo, como para conferir se eu ainda queria, e eu pude constatar que seus olhos eram verdes. Eu ainda queria. Entramos. Eu estava tão tonta que não ouvi uma palavra sequer que Mel trocou com o homenzinho da portaria. Quando passamos por ele, senti seu olhar gelar a minha espinha. Ou era impressão? Ela abriu uma porta pintada de verde com aquela tinta a óleo superbrilhante e me tocou as costas tão de leve que senti um arrepio.

Quando fechamos a porta verde-alface-brilhante, lembrei vagamente de uma música brega que a Márcia adora, e que diz alguma coisa como "deixar o mundo lá fora". Não nos falamos. Não precisava. Tudo havia sido dito, em tantas horas mediadas pelos monitores. Beijei a boca-cereja, passei a mão nos cabelos curtos colados com aquele gel e tive uma sensação desagradável. Mas passou quando ela se deitou na cama, tirou a calça, a calcinha e abriu as pernas para mim. Nas madrugadas no ICQ eu havia lhe dito, várias vezes, que queria que fosse assim. Bebê (não consigo pensar em outro nome para ela, mas continuo achando esse ridículo) se contraiu e inundou a minha calcinha nova. Ajoelhei no chão (lembrei daquela expressão: "É de se comer ajoelhado!"), olhei bem. Tinha os pêlos ruivos, brilhantes. Passei a mão. Macios... Escondiam a pele que era cor de cereja, afinal. Fechei os olhos, cheguei perto bem devagar, sentindo o cheiro doce, novo, diferente, único. Beijei, depois separei os lábios meus e os dela e lambi. Maravilhoso! Perfeito. Penetrei sua boceta com a minha língua, apertando a sua bunda com as mãos agora quentes. Não tenho idéia de quanto tempo durou essa atividade. Deve ter sido algo bem demorado, pois horas depois ainda sentia o cabresto da língua (é esse o nome daquela pelinha?) dolorido pela ginástica inusitada. Gozei imaginando que a penetrava com o meu clitóris, misturando os dois líquidos sem nome, os dois gostos diferentes, formando um terceiro, que depois eu lamberia, como agora lambia esse.

Estava cansada, mas não parei até que ouvi Mel gemer alto, apertando a minha cabeça com as pernas contraídas, quase me sufocando. Acabou. Estava feito. Era assim, então, estar com uma mulher. Ao contrário do personagem do conto "Sargento Garcia", de Caio Fernando Abreu, eu sentia uma alegria louca. Uma vontade de sair nua e dançar na chuva que agora caía forte lá fora, conjugando, em um ato, todas as proibições possíveis: ir à rua pelada, tomar chuva e trepar com mulher. Pensando nisso, comecei a rir. Gargalhar mesmo, imaginando a cara dos meus filhos e do André se me vissem naquele estado. Nua na cama com uma garota ruiva, de boceta cor de cereja.

Sorri para ela e abri a janela do quarto que dava para a rua. Lá embaixo, abrigado da chuva sob uma marquise cinza-chumbo, havia um grupo animado de travestis, entre os quais um louro cheio de curvas como o da minha fantasia número sei-lá-qual. Naquele momento, se tivesse coragem, teria acenado para que ele subisse para se juntar a nós. Mas depois lembrei que isso poderia arruinar de vez a minha fantasia. Varrê-la com um "furacão de realidade".

Com a pele arrepiada pelo vento frio e molhado que vinha de fora, fechei a janela e deitei ao lado da Mel. Ela pegou fôlego para falar, mas eu sacudi a cabeça, dizendo que não. Não queria palavras. Eu já falei e ouvi demais por toda minha vida. Naquele momento, eu queria exercitar todos os outros sentidos que não o da audição. Queria ver, cheirar, provar, tocar. Toquei Bebê e, ao trazer a mão para perto do rosto, vi que havia ficado menstruada. Observei fascinada, como se fosse o sangue do meu cabaço. Ele já não estava lá há muitos anos, mas só agora eu não era mais virgem.

Passei os dedos nos lábios, provei cautelosamente o gosto da minha virgindade que tinha acabado de ir embora, levando todos os meus medos, minhas inseguranças, minha sensação de inadequação ao mundo. Eu estava mais viva que nunca, feliz, corajosa. Deus existia e estava me olhando, dando uma risada de satisfação pela felicidade de sua filha.

Reparei, então, que Mel tinha um *piercing* no umbigo. Uma carinha sorrindo, verde néon, brilhando na fraca luz do abajur ao lado da cama. Todos conspiravam a favor da minha alegria. Devolvi o sorriso para a carinha, deitei e dormi. Acordei no dia seguinte antes das sete da manhã. Me vesti devagar, saí deixando Mel dormindo com sua boca-cereja entreaberta, mostrando o brilho do aparelho. Na rua, havia um sol ainda fraquinho, mas que prometia calor. Fechei os olhos, deixando que ele aquecesse meu rosto. Senti seu cheiro amarelo como o trigo. Bom... Pensei que um dia iria a um campo de nudismo e me deitaria pelada, de pernas bem abertas, para deixar que o sol aquecesse Bebê. Ela vai gostar, tenho certeza.

Fiquei vagando pelas ruas vazias àquela hora de domingo. Parei em uma padaria, tomei café e comi uma broa de milho quentinha. Não queria ir para casa. Era um mundo, agora mais deprimente, que tolhia, cerceava todos os meus movimentos. Mas devia. Dez horas da manhã de um domingo de sol, peguei um ônibus para o subúrbio, que me deixou quase na porta de casa. Caminhei devagar e, antes de chegar, vi o André lavando o carro. Acenei e segui em frente, então quase correndo. Não queria falar com ninguém. Tirar as sensações da noite. Preferia o silêncio. Cheguei em casa e me tranquei no quarto. Feliz da vida.

Uma luz branca, outra branca, uma amarela, uma branca, um intervalo, depois tudo de novo: branca, branca, amarela, intervalo... cada vez mais rápido. Mais rápido, mais rápido... Tenta se concentrar nas luzes para ver se distrai Bebê. Não adianta. Qualquer dia vai gozar em pleno metrô e aí vai morrer de vergonha. Ainda bem que a greve acabou e a esta hora o metrô está quase vazio.

Chega em casa exausta. Toma banho, janta e se deita. Fica se lembrando: já transou com mil mulheres: louras, morenas, mulatas, ruivas, negras, gordas, magras, até com um travesti com um par de seios e um pinto enorme, descoberto apenas no quarto de um hotel de quinta no centro da cidade. Transou também com uma garota bem mais nova que ela, que conheceu na internet. Ruiva, com cara de intelectual. Foi uma noite perfeita.

Levanta novamente e pega o caderno que faz de diário. Começa a escrever, maquiando suas experiências, deixando-as com aparência de fantasias de viúva cheia de imaginação. É necessário. Um dia, há alguns meses, viu, ao sair do banho, pela nesga da porta do banheiro, seu filho mais velho guardando silenciosamente este mesmo diário no "canto secreto" da sapateira, atrás da caixa das sandálias vermelhas de salto alto.

7
Vida

Para Abeni *(in memoriam)*

Eu à beira do vento. O morro dos ventos uivantes me chama.
Vou, bruxa que sou. E me transmuto.
Oh, cachorro, cadê tua alma? Está à beira de teu corpo?
Eu estou à beira de meu corpo. E feneço lentamente.
Que estou eu a dizer? Estou dizendo amor.
E à beira do amor estamos nós.

CLARICE LISPECTOR

    Nódulo. Tudo começou com esta palavra que estava no meio de algumas outras formando a assustadora sentença: "nódulo denso no ápice do pulmão esquerdo". Além de tudo, se você reparar, vai ver que é uma palavra horrorosa. Sem a suavidade de "delicadeza". Sem a consistência gostosa de "creme" que evoca o desenho das vaquinhas no campo, no fundo roxo daquela embalagem de chocolate. Expressiva ela é, não se pode negar. Nódulo: alguma coisa encaroçada, venenosa e mortal.
    Mas como eu ia dizendo, foi essa palavrinha horrorosa que desencadeou tudo. A abertura casual do envelope imenso com aquele raio X e um papelzinho impresso no computador, com o sofisticado logotipo do hospital, chamado LAUDO. Digo casual porque era

apenas para constatar o que eu já sabia. A pneumonia teimosa havia ido embora. Abri por abrir. Li por ler e deparei com a novidade: NÓDULO! A história da tia me veio à cabeça. Mesma coisa: "nódulo denso no ápice do pulmão esquerdo". Mesmas as palavras, diferente a reação. A dela tranqüila diante da ignorância do que os próximos curtos meses iam lhe trazer, do dia em que me diria que sentia como se tivesse chegado ao fim da linha e queria morrer.

Lembrei-me de tudo com os detalhes sórdidos. A morfina, o osso se transformando lentamente em gelatina. Meus ossos virando gelatina e as pernas afundando, virando uma massa mole, me derrubando sentada no banco cheio de senhoras esperando para radiografar isso ou aquilo, para fazer a mamografia que transforma nossos peitos em panquecas enquanto a técnica diz com uma simpatia forçada: "Só vou apertar mais um pouquinho". E a nossa cara controlada, a enorme vontade de quebrar aqueles dentes de sorriso falso, porém obrigatório, considerando-se o preço absurdo do exame.

As senhoras me olharam com umas expressões mais curiosas que assustadas. Deviam estar felizes por uma cena diferente para sacudi-las naquela tarde entediante na qual suas tetas seriam amassadas sem piedade e sem prazer. Ali mesmo sentada, peguei o celular e liguei para a irmã médica em Miguel Pereira. Nunca confiei muito em sua medicina. Acho que é natural. Como entregar minha vida a uma pessoa que, quando conheci, nem sabia falar? Mas naquela hora ela era meu Chapolin Colorado. Ela e só ela poderia me defender. Liguei e li o LAUDO. Ela perguntou "Quantos centímetros?" "Sei lá, porra! Não medi!" Nenhuma referência a centímetros no L-A-U-D-O. Ela disse que ia falar com a amiga pneumologista e desligou.

As senhorinhas me olhavam de soslaio. Deviam estar pensando: "Coitadinha" ou alguma coisa do tipo. Chega, pensei. Acabou o circo. Levantei e fui para o estacionamento. Entrei no carro, sentei. Minhas pernas novamente gelatinas, massas disformes se recusando a pisar nos pedais. O celular tocou. Minha irmã. A amiga pneumologista (tinha um nome: Laura) disse que se eu chegasse lá até cinco da tarde poderia me atender. Eram duas. Estava em cima da hora. Liguei para a minha médica homeopata. Era a única que eu considerava minha médica. Ela, como quem faz um comentário sobre um filme, ou uma peça de teatro, disse: "Ah, é... Quando eu vejo um

L-A-U-D-O assim eu penso logo em câncer. Estou com uma paciente com câncer". Quem falou em câncer? Quem falou em câncer?! Quem falou em câncer?!?! Câncer porra nenhuma! Só se for na sua cabeça de merda! Foda-se você! Foda-se também sua paciente! Não! A paciente não! Só você, sua escrota! Isso lá é coisa que se diga? Só que isso eu pensei. Só pensei. Alguma estranha censura ainda agitava meu ser, controlando as palavras. Ela só iria embora quando eu tivesse certeza. Aí sim, ligaria para ela e a mandaria tomar no cu. Por hora, agradeci polidamente e desliguei.

Fui para Miguel Pereira. Antes passei em casa para deixar água e ração para os bichos, pegar cartão, dinheiro, roupa para mudar. Chorei imaginando se algum dia voltaria àquela casa. Verdadeiro dramalhão mexicano. Pelo menos eu estava indo para a casa da minha mãe. Embora ela não pudesse saber o que estava acontecendo, eu pediria colo e comeria bolo de chocolate até reaver os oito quilos que custei tanto a perder à base de esteira ergométrica, iogurte *light*, alface, café sem açúcar, dança sem par. Coloquei um CD do Cazuza. Ele produziu coisas lindas quando soube que estava com aids. Caio Fernando Abreu também. Renato Russo. Será que eu agora vou escrever melhor? Fiquei pensando que finalmente vou ter um pretexto suficientemente bom para pedir um *laptop* de presente de aniversário. É daqui a três meses. Deve dar tempo. Minha tia não escrevia. Deve ter sido mais duro para ela.

Saí da garagem lentamente. Não estava com pressa. Surpreendentemente não estava com pressa. Mas entrei na Brasil, na Linha Vermelha, e ia pensando que todos nós vamos morrer mais cedo ou mais tarde. É o fim inevitável de todos. Me afoguei em clichês que saíam da minha boca ditos em voz alta para me convencer. Ali mesmo, na Linha Vermelha, eram comuns as trocas de tiros entre policiais e traficantes, ou entre traficantes A e traficantes B. Talvez um tiroteio caísse bem agora. Uma bala perdida que evitasse que meus ossos virassem gelatina. Cacete! Sempre quis operar os seios e tive medo da anestesia. Agora teria de encará-la de qualquer maneira. Mesmo que fosse só para fazer a biópsia. Será que eles não podem aproveitar e dar uma levantadinha? Vou pedir. Não custa nada.

Na Dutra, fiquei, em determinado momento, atrás de um carro com umas quinhentas crianças. Parece que uma delas havia vomitado. As outras gritavam, riam, e a motorista, algo que pude constatar ao ultrapassar o carro, estava com uma cara de vítima. Quem mandou ter tantos filhos?, pensei. Vai ver só um é filho e os outros são coleguinhas. Vai ver ela faz condução para escola e nem filhos tem. Como eu. Escrevi muitos livros, plantei muitas árvores de flores e de frutos, sendo as primeiras minhas preferidas pela única e exclusiva existência estética. Já viu um flamboiã carregado? Mas não tive filhos. Nem unzinho. Só aquele que perdi. Será que conta? Para mim sim, para o censo não. Nem vi nada, mas soube que ele estivera lá vivendo de mim, comigo. Agora é tarde. Não posso mais. Precisaria de nove meses. Aliás, mais um pouco para achar um espermatozóide.

Vi um cachorro amassado. Tomara que não tenha doído. Os ossos doem quando viram gelatina. Aliás, nem doem, mas o outro osso que se encaixa naquele lugar fica sambando, escorregando, sem apoio firme e isso dói. Muito, a tia disse. Comecei a chorar de pena dela. Eu a amava muito, lembrei. Parei na Casa do Alemão. Pedi uma fatia de torta Floresta Negra e uma Coca-Cola daquelas vermelhas, cheias de calorias até a tampa. Comi deliciada. Pedi outra fatia e uma de coco inteira para viagem. É a de que minha mãe mais gosta. Fui até o banheiro, lavei o rosto e fiquei me olhando no espelho manchado. Ou era eu que estava manchada? As rugas dos meus quarenta e três. Sorri. Lembrei que ia começar um tratamento dentário na segunda-feira. Hahaha. Não vou coisa nenhuma!

Voltei à Dutra. Vi outro cachorro amassado. Este, grande e amarelo. E meus bichos? Será que minha mãe fica com eles? Se não, peço para Tati. Tati. Nunca mais. Nunca mais vou ter vontade de transar sabendo que vou morrer daqui a seis meses. Ela vai entender. Ela vai ficar ao meu lado, mas eu não quero. Vai sofrer demais. De repente eu termino e nem conto. Sumo. Vou para Miguel Pereira e ela nem fica sabendo. Ela é linda. É jovem, já, já vai arrumar outra. Espero que da idade dela dessa vez... Minha mãe fica com eles. SUIPA nem pensar. Ela fica.

A estrada ia passando cheia de carros e caminhões no meio da tarde. Eu ia passando com aquilo dentro de mim. Voltei a chorar, sentindo vontade de tirar aquilo de dentro de mim, mas sem ter como. Parecia um Alien que iria me devorar aos poucos, devagar, ou nem tanto. Lembrei que havia dito a Tati que queria ser cremada porque tinha medo de ser enterrada viva. Besteira. Ele ia me devorar, garantindo a minha morte. Aliás, depois podem até me dar aos cachorros, ou me jogar na Dutra. Fica mais em conta. Por que diabos ninguém recolhe o corpo dos cachorros e ficam amassando-os, esmigalhando-os cada vez mais e mais, até que uma chuva mais forte seja suficiente para lavar o pouco que sobrar?

Passei em frente ao orfanato onde sempre entrego roupas e brinquedos velhos do meu sobrinho. Neste Natal, ainda vai dar tempo de eu levar alguns brinquedos novos e doces, como também sempre faço. Eu devia ter adotado aquele menininho roliço, negro, que eu vi, pela primeira vez, com aquela chupeta velha na boca, escondendo o sorrisinho, que depois eu descobri maroto. Se tivesse adotado, ele ia ficar com a minha pensão de funcionária pública e seria um irmão para meu sobrinho. Será que ainda dá tempo? Acho que não... E se eu pedir para minha irmã? Será que ela adota? Por que adotaria? Eu não adotei. Egoísta, com minhas roupas *fashion* de marca, meu carro trocado todos os anos, apesar do medo de ser assaltada, colocada no porta-malas e executada.

E meu curso de pós em História da Arte? Não vou mais. Para quê? Eu podia, nas noites de quinta-feira, ter trocado a minha aula por colocar o Guilherme Henrique (que nome!) para dormir, contando histórias, como minha mãe fazia. Podia fazer isso nas de segunda, de terça e todas elas. Podia ter ido morar em Miguel Pereira também e ficar, à noite, em julho, abraçada com o Guilherme, diante da lareira, até dormir. Cheguei a ver suas bochechas com a chupetona entre elas. Piegas! Muito piegas. Tanto que imediatamente meus olhos se encheram de lágrimas mais uma vez.

Saí da Dutra e entrei na estradinha pequena e sinuosa que me levaria à Serra. Os carros sumiram. Só havia eu naquela estrada, que estava tão bonita. Parei no acostamento, desliguei o carro e fiquei só escutando. Passarinhos e o vento. Pensei, então, que não seria tão ruim, no final das contas. Lembrei das minhas meditações, quando escolho a essência cuidadosamente, de acordo com meu estado de espírito, acendo o *rechaud*, ligo o som com aquelas músicas de relaxamento e me imagino sentada debaixo de uma árvore, na beira de um rio, ouvindo só os passarinhos e o vento. Como agora. Exatamente como agora. Só falta o rio. Quando medito, tenho certeza de que, sempre que precisar, tenho esse lugar para ir e me sentir bem. Lembrei disso e senti um grande alívio. É para lá que eu vou quando estiver na quimioterapia. Quando meus ossos estiverem amolecendo e doendo como os da tia, é para lá que eu vou. Que bom! Tenho um lugar para ir. Com essa certeza liguei o carro e troquei o CD. Marcos Ariel. Que delícia!

Cheguei em Miguel Pereira e Chapolin já estava no hospital. Público. Tive de fazer a ficha e, enquanto a mocinha, de top apesar do frio, preenchia os campos no computador com aquela infinidade de dados, pude ver com o rabo do olho, no momento exato em que ela me perguntava qual era a minha religião, minha irmã tomando um tranqüilizante. Fodeu! Mas tudo bem. Tenho um lugar lindo para ir.

A dra. Laura me recebeu com uma cara de "Não está acontecendo nada, viu?" NADA! Olhou as radiografias e disse: "Está parecendo um ARTEFATO da radiografia". "Que é isso?", perguntei. "Um engano, uma ilusão. Vamos tirar outro raio X". Fui. Tirei. Não ficou bom. Houve muita penetração. "O pulmão está aerado." "Você é fumante?", pergunta a técnica sem o sorrisinho irritante. "Parei." Respondi atordoada, imaginando o meu pulmão como um Suflair: o chocolate aerado da Nestlé. Tirei outro. Bom desta vez. Caminhei até a sala da dra. Laura um pouco mais viva. Ela examinou o raio X. "Não é nada. Era apenas um artefato, como havia dito." O ar de mofa e certeza me irritava e ao mesmo tempo sei lá o quê. Tive vontade de matar o babaca que assinou o L-A-U-D-O. Abracei Chapolin, que ria dizendo: "Eu assino embaixo. Não disse que não era nada?" Cínica. Cínica, mas e daí? "Mas seu pulmão está aerado. Você não pode voltar a fumar de maneira nenhuma, senão vai ter um enfisema pulmonar logo, logo." E daí? Não vou fumar mais, mas venci um câncer. Do Rio até aqui venci um câncer.

Entreguei a torta de coco para minha mãe, mas não comi. Havia ingerido calorias para duas semanas, pelo menos. Passei o fim de semana vendo TV com minha mãe, jogando videogame com meu sobrinho e passeando com ele. Caminhei três quilômetros por dia. Pesquisei na internet para fazer aquela monografia para o curso de pós. É a última. Tenho de finalizar. Confirmei a dentista para segunda-feira. Liguei para a Tati e a pedi em casamento. Na volta, três dias depois, meio quilo mais magra, parei no orfanato e disse para meu filho: "Eu venho te buscar, tá, Guilherme?"

8
Natureza viva

Para Martha

Um sentimento de liberdade interior brotava naquele silêncio.
Um sentimento místico, meio alvoroçado, de alguém que, de
repente, descobrisse que sabe voar. Por quê?

Edla Van Steen

Tirou a roupa, se olhou no espelho grande. Não reconheceu no que viu as curvas do quadro. Apagou a luz de cima. Deixou apenas o abajur iluminar seu quarto, seu corpo. O quadro era em tons de salmão e um branco lá no fundo, como uma luz contornando a figura que ela via como uma mulher. Passou a mão em sua cintura, o quadril, o seio direito. Não havia a menor sensualidade no toque. Era antes um reconhecimento diferente de qualquer ato de masturbação. Via aquele corpo no espelho com um estranhamento esquisito. Como se não fosse seu. Não era. Era apenas um corpo de mulher. Tentava lembrar por que, ao passar em frente à galeria de arte, aquele quadro lhe chamara a atenção. Porque achara que era um corpo de mulher. Apenas curvas, tão desproporcionais, tão diferentes das suas. Se fosse uma mulher, deveria ser bem feia. Riu. Mas aquilo não lhe saía da cabeça.

Todos os dias agora, ao voltar do trabalho, descia na estação do metrô do Catete. Andava mais para poder passar na galeria e ficar pelo menos uns trinta minutos olhando, tentando entender a atração que aquelas curvas exercem sobre ela. Pelo menos era assim no início. Depois de quatro dias, desistiu de tentar entender. Relaxou. Só parava e olhava. Às vezes acendia um cigarro e, olhando através do vidro, soprava a fumaça e observava o quadro através da cortina embaçada e flutuante que se formava.

Sexta-feira encontrou Tiago no centro da cidade. O chope no Amarelinho com os amigos. Estava estranha. Sentia vontade de ir para casa. Aliás, para a galeria. Tiago perguntou se ela estava bem. "Dor de cabeça", disse. Um coro de risadas. "Ih, Tiago! Já está assim, é? Hoje vai ficar na mão!" Normalmente era um tipo de brincadeira que ela não só aceitava, como fazia com a maior naturalidade. Hoje ficou irritada e disse agressiva: "E o que vocês têm com isso? Vão à merda!" Levantou-se e saiu do bar deixando o grupo boquiaberto. Tiago espantado a seguiu. Pegou sua mão e perguntou: "O que você tem, Raquel?" "Nada", disse ela já arrependida do rompante e da grosseria. "Devo estar com TPM."

Silenciosos, caminharam até a estação do metrô da Cinelândia. Logo na entrada, ela observou uma mulher sentada no chão. Suja. Roupas imundas, um lenço na cabeça, balançando o tronco para a frente e para trás, compulsivamente, como sempre fazia. Raquel parou e ficou olhando. A mulher era jovem, quase bonita, curvas definidas sob a sujeira. Diferentes das do quadro. Via só o corpo em movimento. Não a mulher. Não cogitou, como das outras vezes, o que se passava naquela cabeça. Não sentiu a costumeira pena. Era apenas um corpo em movimento. O corpo parou. Dois olhos negros e grandes a encararam. Não havia neles qualquer sinal de demência. Nem desafio, nem raiva. Apenas curiosidade. Raquel abriu a bolsa, pegou o maço de cigarros fechado (já a vira fumando), jogou no seu colo. A mulher sorriu e, pela primeira vez, Raquel viu que sob aqueles lábios cheios só havia três dentes. Ela devolveu o sorriso com todos os seus dentes perfeitos e desceu as escadas. Tiago olhava sem entender, estranhando essas atitudes diferentes das que conhecia há dois anos. Não falou nada. Quando Raquel estava com TPM, era o melhor a fazer: não contestar, não discutir, não provocar.

Quando estavam chegando à estação Catete, ela se levantou e disse: "Vamos descer aqui. Quero te mostrar uma coisa". Subiram as escadas, caminharam pela rua do Catete até a galeria. Raquel apontou. "Olha!" Tiago olhou e, opinião que não emitiu, não achou nada de mais. Raquel olhava e parecia que sua respiração estava ofegante. Ela disse que estava namorando o quadro há duas semanas. Todos os dias. Tiago perguntou: "Quanto custa?" Ela o encarou, perplexa, e disse: "Custa? Como?" Tiago riu. "Ora, Raquel, quantos reais, ou dólares, ou euros, vales-transporte, sei lá! Quanto vale o quadro?" Ela reparou que nunca havia pensado nisso. Só agora tomava consciência de que aquilo era um objeto que se podia comprar. Mas não! Para ela não era isso. Não queria comprar, ter. O estranho quadro a fascinava, mas amedrontava também. Não o queria em sua casa, perseguindo-a. Bastava estar onde ela pudesse vê-lo apenas quando quisesse. Não entendia o porquê disso. Logo ela. Tão consumista. Precisava comprar tudo que desejasse. E o fato de poder fazê-lo não lhe bastava. Não se sentia feliz, completa. Fumava muito, tomava Valium, florais, fazia meditação, terapia, mas nada curava sua mania de roer as unhas até o sabugo, sua ansiedade. Só se sentia melhor nas tardes de domingo, quando visitava a avó na casa de repouso. Achava que era a única coisa útil que fazia na vida. Sempre pensava que devia fazer mais, mas nunca encontrava tempo. Tiago interrompeu seus pensamentos dizendo: "Vou perguntar o preço". "Deixa pra lá", disse Raquel. "Deve ser muito caro." Pegou a mão de Tiago e o puxou com urgência. À medida que se afastavam da galeria, ela ia relaxando, como se tivesse acabado de se livrar de uma ameaça terrível.

Agora se sentia mais bem-humorada. No elevador, abraçou e beijou Tiago na boca, abrindo bem a sua, como sabia que ele gostava. Ela nem tanto. Entraram. Ela tomou banho rapidamente antes que o desejo se fosse. Enquanto ele tomava banho, ela preparou dois uísques com gelo, bebeu um de uma vez só. Preparou outro, pegou uma cigarrilha cubana em sua mesa de cabeceira e acendeu. Colocou um CD do Miles Davis, acendeu um incenso de tangerina e sentou-se no sofá. Começou a se impacientar. Como Tiago demorava no banho! Ele saiu finalmente. Recusou a cigarrilha que ela lhe ofereceu por pura cortesia. Sabia que ele não gostava. Aceitou a bebida.

Foram para a cama. Ela já não estava muito a fim de sexo, mas havia provocado.

Ele a beijou e se deitou sobre ela, entre suas pernas. Apenas a luz do abajur acesa e o quarto adquiriu uma cor parecida com a do quadro. Olhou no espelho e viu uma mulher negra de cabelos curtos e cacheados e um homem deitado sobre ela. Reparou na curva da bunda de Tiago. O álcool na cabeça transformava aquela cena em uma visão quase fantasmagórica. A bunda muito branca subindo, descendo, se movendo de um lado para o outro. Duas pernas negras abertas e no final delas dois pés com dez unhas pintadas caprichosamente de vermelho para compensar as unhas pavorosamente roídas das mãos. Pés lindos, dizia Tiago, e antes dele Otávio e antes ainda Marquinho. Ela fingiu o orgasmo que teimava em não vir. Logo em seguida, Tiago gozou rápido. Era um cavalheiro. Sempre esperava por ela.

Enquanto entrava mais uma vez debaixo da água quente do chuveiro, Raquel ouviu Tiago ao telefone pedindo na cantina italiana dois raviólis de frango com molho quatro queijos. Ela achou graça no fato de o namorado não lhe ter consultado a respeito do que ela poderia querer. Ela queria bobó de camarão com muita pimenta e cerveja geladíssima. Mas não disse nada. Se enxugou e foi nua até a despensa procurar na bagunça do armário aquela garrafa de Gato Negro. Achou. Voltou para a sala, ainda nua, trazendo a garrafa e duas taças. Acendeu um cigarro. "Você está fumando demais", disse Tiago fechando afobado a cortina da sala. "Foda-se!", ela sussurrou entre dentes, abrindo um pouco a cortina, sentindo um repentino mau-humor.

Comeu sem vontade, empurrando o molho gorduroso com o vinho. Acendeu mais um cigarro olhando Tiago nos olhos, desafiando-o. Ele pareceu nem notar. Raquel jogou os pratos na lava-louças e foi para o banheiro. Sentou no vaso e chorou sem saber por quê. Foi rápido. Lavou o rosto, escovou os dentes. Lembrou-se dos três dentes da mendiga dos abdominais. Contou os seus. Trinta e dois no total.

Tiago estava deitado e havia colocado um DVD. Aqueles filmes de ação que ela detestava. Nem se deu ao trabalho de discutir. Pegou seu livro e antes da terceira página apagou.

Acordou cedo, pensou: "Hoje não vou fumar". Tomou um suco de laranja de caixinha, colocou um short, o sutiã do biquíni, tênis e foi correr no Aterro. Correu durante uns quarenta minutos, entrou em uma das transversais e se viu parada diante da galeria de arte ainda fechada àquela hora. O quadro estava diferente. Devia ser a luz. Ou melhor, a falta dela. O foco direcionado, apagado ainda. Interessante como havia mudado... Como se a "mulher" tivesse se mexido. Analisando a mudança, perdeu a noção do tempo. Pulou quando sentiu uma mão no seu ombro. Era Tiago. "Você demorou. Vim te procurar. Você quer mesmo este quadro, né, Raquel?" "Não!", ela se apressou em dizer. "Não quero! Deve ser caro demais! Estou precisando de outras coisas. Prioridades, meu querido."

Voltaram juntos para casa. Ela passou o resto do fim de semana agoniada. Fumou mais do que nunca. No domingo, teve de se controlar para não ir lá. Tiago tinha de perceber que ela não queria o quadro, mas não podia lhe contar o motivo. Tinha medo dele e isso era ridículo. O namorado pensaria que ela era maluca.

Foi visitar a avó mais tarde do que costumava. Na ida, deixou Tiago em casa, na Barra. Seguiu para o asilo, que ficava em Vargem Grande. Um lugar lindo, cheio de verde e passarinhos. Sua avó adorava. Quando a mãe morreu, não sabia o que fazer com a velhinha. Ela não podia passar o dia todo sozinha em casa. Mal conseguia caminhar até o banheiro. Às vezes, se sujava no caminho. Tentou quatro enfermeiras, mas a avó tinha um gênio horrível e não gostou de nenhuma. Raquel amava profundamente a avó e foi com muita culpa que a deixou na casa de repouso mais cara que o seu salário de economista de uma multinacional permitia pagar. O lugar era luxuoso, cheio de atividades para os moradores, e a avó contava com uma enfermeira "quase particular". Embora implicasse com esta também, quase nunca ficavam sozinhas, o que facilitava a relação. O quarto era enorme, confortável, com uma TV imensa que a velha nunca via, sempre ensimesmada em seus pensamentos. Raquel ia religiosamente toda semana. Era uma rotina sagrada. Mesmo nas férias, suas viagens nunca podiam durar mais de uma semana. Os domingos eram da sua avó.

Naquele domingo, Raquel, ao chegar, encontrou a avó triste. Já havia almoçado e a neta não viera lhe fazer companhia. Raquel chegou e deitou a cabeça no colo da velha. Esta estranhou o episódio totalmente inusitado, mas acariciou os cabelos da neta, cantando uma canção de ninar. Raquel não se entendia. Essa fragilidade não tinha cabimento. TPM porra nenhuma! Ainda não estava na época...

No fim da tarde, ela foi para casa. Entrou, foi direto para a varanda, onde deitou na rede e passou grande parte da noite acordada, observando a vizinha balançando pacientemente um bebê, em um dos prédios que (falta de cortesia!) tapavam a sua visão do morro do Pão de Açúcar. O bebê dormiu, a vizinha, mulher jovem demais para ser mãe, apagou as luzes e Raquel ficou ali, completamente só, com saudades da mãe (nunca mais), da irmã tão longe, em Porto Alegre. Triste que não podia mais. Quando parecia que começaria a clarear o dia, Raquel conseguiu cochilar. Mas teve um sonho esquisito, onde pernas cor de salmão a enlaçavam pela cintura.

No final do expediente, Raquel saiu do trabalho quase correndo, com os olhos vermelhos de sono. Ao passar pela mulher dos abdominais não parou, mas jogou no seu colo o maço de cigarros que havia comprado na hora do almoço, com uma coxinha de galinha fria. Estação Catete, subiu as escadas, agora sim correndo. Chegou e olhou. Ele estava lá e dentro dele ela. O foco de luz estava aceso agora, mas a "mulher" estava na posição em que Raquel a vira no sábado de manhã. Não era possível!

Raquel foi para casa, tomou um banho frio. Sentou-se nua na cama e ficou olhando a mulher no espelho, nua também, que começou a se tocar, desta vez de maneira diferente. Ela passava as mãos nas curvas, imaginando as do quadro. Quando os dedos da mulher do espelho chegaram no vão entre as pernas, ela sentiu um estremecimento e gozou forte. Ao se levantar viu que molhara o lençol. Há quanto tempo não ficava assim... Estava sempre seca. Santas camisinhas lubrificadas!

Pegou um copo, encheu metade com chá preto gelado, completou com gelo e vodca. Caminhou lentamente até a varanda e sentou-se na cadeira de vime de almofadas verde-limão. De lá podia ver, sem ser vista, a garota com o bebê. Não devia ter mais de dezoito anos. Cabelos curtos, castanhos. Corpo bonito, a barriga lisa. Nem parecia ter um bebê tão novinho. Pensou em como seria um filho seu e de Tiago. Dali via a mulher, o nenê, mas onde estaria a mulher dos abdominais agora? Onde, meu Deus? E ela? A mulher do quadro? Estaria ainda no mesmo lugar?

No dia seguinte, tinha se acostumado à idéia, achando a coisa mais natural do mundo a mulher do quadro se movimentar, mudar de posição. Foi trabalhar e na volta repetiu o trajeto. Parou diante da galeria e não pôde acreditar em seus olhos. Ela não estava lá! No seu lugar, havia uma natureza-morta horrorosa. Entrou desesperada e perguntou sobre o quadro, quase fora de si, ao funcionário da galeria. Ele disse com uma calma insuportável: "Vendi hoje à tarde, mas em breve vamos ter outro da mesma pintora". "Não! Não! Eu quero aquele! Eu preciso daquele! O senhor não está me entendendo!" O rapaz empertigado respondeu: "Lamento, senhora, mas o quadro foi vendido". "Por favor, me diga quem o comprou", disse Raquel, ao que ele respondeu com a mesma irritante e monótona maneira de falar daqueles atendentes de *telemarketing*: "Infelizmente, senhora, não fornecemos os dados de nossos clientes a terceiros. O que posso fazer é anotar seu nome e telefone e estarei comunicando o seu interesse à pessoa que o comprou". Foi o máximo que ela conseguiu. Entregou seu cartão ao rapaz que ela agora odiava com todas as forças, enxergando-o embaçado por causa das lágrimas que encheram seus olhos. Implorou que ele não se esquecesse. Foi para casa desvairada. Como podia ter acontecido aquilo? Aquela "mulher" era dela. Devia ter comprado a merda de quadro. Tinha medo dele, mas tinha mais medo de não poder mais vê-lo.

Sentou-se na varanda, acendeu um cigarro, deu uma tragada funda e tentou racionalizar. Lembrou-se, então, de que havia esquecido completamente sua hora na terapeuta. Isso agora não tinha a menor importância. Que loucura! Não podia ficar transtornada dessa maneira por causa de um maldito quadro. Mas estava. Começou a chorar olhando o pedacinho minúsculo de mar entre dois prédios. De repente, na sala, o celular tocou. Podia ser o comprador filho-da-puta! Levantou em um salto e correu para atender. Deu uma canelada na mesinha de centro. Gritou um "porra!!!" E agarrou o aparelho. Leu: Tiago. "Puta que pariu!" Caminhou para o quarto e jogou o aparelho sobre a cama. Quando se voltou para sair do quarto viu... e seu coração quase parou. No lugar onde antes estava o espelho grande, de moldura colorida, estava ela. As curvas de cor salmão. A luz branca ao fundo, aumentando a sensação de que a "mulher" estava prestes a saltar do quadro e esfregar no seu rosto suas formas opulentas.

Raquel sentou-se no chão, diante dela, e começou a chorar, desta vez de alívio. Ela estava lá. Em seu quarto. Era sua, afinal. No alto, na moldura, havia um bilhete colado em que Tiago dizia: "Não sabia onde colocá-lo. Se preferir algum outro lugar, sinta-se à vontade para trocar, afinal a casa é sua. Com amor, Tiago. P.S.: A cópia da chave acabou servindo para alguma coisa, afinal."

Ela levantou-se lentamente, cuidadosamente. Pela primeira vez se aproximou do quadro e o tocou. Interessante. Sentiu um perfume forte e doce. Fechou os olhos e tentou lembrar. *Tendre Poison*. Perfume forte demais para ela, mas agora estava achando delicioso. Deitou-se na cama e ficou admirando a mulher, o quadro. Como seria de esperar, ela mudara novamente a posição. Agora podia vislumbrar alguma coisa que poderia considerar um rosto de perfil. Era isso! Parecia que a mulher estava se virando pouco a pouco. Será que era para observá-la? Continuou olhando atentamente para ver se conseguia captar algum movimento, mas acabou pegando no sono.

Foi então que tudo aconteceu. Raquel dormia profundamente, quando foi despertada com um toque suave, porém insistente em sua coxa. Meio tonta de sono imaginou que talvez fosse Tiago. A luz do abajur estava apagada, a cortina fechada e o quarto estava um breu completo. Ela sentiu o *Tendre Poison* invadir suas narinas, ao mesmo tempo que uma língua suave e macia entrava em sua boca. Nunca imaginou que um beijo pudesse fazer aquilo com ela. Sua boceta ficou molhada e ela sentiu as mãos tocando seu corpo. Sua cintura, o quadril, o seio direito, depois o esquerdo. Uma língua lambia seu pescoço e duas coxas forçavam suas pernas a se abrirem. No momento em que sentiu os lábios se fecharem no bico de seu seio gozou. As pernas continuaram abrindo as suas. A língua foi descendo pela barriga até que sentiu que ela parava sobre seu clitóris. Começou então a lambê-lo com movimentos circulares, e, quando ela começou a gozar novamente, sentiu que era penetrada por dedos finos e compridos. O movimento de vai-e-vem só aumentou a intensidade de seu orgasmo.

Ficou parada, sentindo-se relaxar, quando percebeu que sua companheira (sabia que era ela) ainda não havia terminado. Pela movimentação, percebeu o que ela queria. Sentiu que a outra ficava de joelhos, pernas abertas com a boceta roçando seu rosto, convidando. Raquel se ajeitou sobre os travesseiros e pela primeira vez na vida sentiu o cheiro, o gosto de uma mulher. Repetiu todos os movimentos que a outra fizera, pois eram exatamente os que ela gostaria que seus parceiros fizessem, mas que nunca haviam adivinhado. Nunca pensou que fazer sexo oral pudesse ser tão prazeroso. Sentiu que a mulher gozava e gozou também. A outra deitou a seu lado e a envolveu com pernas, braços, tentáculos que a prendiam, a engolfavam. O prazer que sentiu, o perfume forte, parecia que ia se perder dentro daquele corpo ou o contrário, que a outra ia penetrá-la até a alma. A língua invadia sua boca, que ela abria agora com uma vontade incontrolável. Queria engoli-la.

Então o sexo era isso! Só agora descobria porque as pessoas matavam e morriam por causa de sexo. Aquilo não ia acabar nunca! Por ela não precisava. Ousada, como nunca o fora, começou a passar as mãos lentamente naquelas curvas que vigiara por tanto tempo. Sentia a pele cor de salmão macia e as curvas tão desejadas, agora o sabia. Não era absolutamente deformada. Sentia a cintura fina, os quadris largos, os seios macios que chupou, a bunda redonda e durinha. Penetrou o cu com dois dedos. Com força. A outra gemeu e ela gozou mais uma vez. Não acabava. Queria transar para sempre. Por horas seguidas aprendeu aquele corpo inteiro. Até morrer de velha conheceria cada pedacinho dele. Não agüentou mais e dormiu.

Acordou e viu o despertador digital marcar dez e meia da manhã. Lembrou-se. Olhou para o lado. Não havia ninguém. Fechou os olhos. Abriu devagar e olhou para o quadro. Ela estava lá. Na mesma posição em que a vira pela primeira vez. O perfil desaparecera. Não havia sinal de rosto. Raquel ligou para o trabalho e disse que estava doente. Passou o dia inteiro deitada, olhando fixamente o quadro. No dia seguinte, a mesma coisa. E no seguinte. No quarto dia, Tiago apareceu, já que ela havia desaparecido e desligado o telefone. Ele a levou ao médico. Raquel estava desidratada, com febre. O médico deu uma licença e ela passou exatamente dez dias, nem mais nem menos, observando a mulher. Nem um sinal de movimento.

Raquel emendou a licença com quinze dias de férias atrasadas. Nesses dias, nem foi ver a avó. Só lhe telefonava. Pouco a pouco, ela foi se restabelecendo. A mulher salmão nunca mais deu qualquer sinal de que ia voltar. Ela, como já havia decidido há muito tempo, terminou o namoro com Tiago.

Quando voltou a trabalhar, se sentiu bem. O confinamento estava deixando-a muito pior. Ao voltar do trabalho, como que por hábito, passou na galeria. A natureza-morta não estava mais lá. No lugar antes ocupado pela sua mulher e por aquela idiota cesta de pêras, havia agora uma figura marrom cheia de curvas que afinavam na parte de baixo terminada por dez pequenas pintas vermelhas. Raquel ficou impressionada, mas a sensação foi diferente da que havia tido quando viu o quadro salmão pela primeira vez. Ela se aproximou muito lentamente. Chegou tão perto até que pôde sentir, sorrindo, sem a menor surpresa, o cheiro de *Bizance*. Seu perfume.

Cerca de um mês depois, ao passar de carro pela rua do Catete, viu parada em frente à galeria, olhando fixamente na direção do quadro marrom, uma mulher de cabelos castanhos, compridos. Raquel parou o carro em fila dupla, ligou o pisca-alerta, saltou e caminhou em sua direção. Parou a seu lado. Aspirou discretamente o perfume da mulher desconhecida. Definitivamente não era *Tendre Poison*, era alguma água de colônia cítrica, mas isso não tinha a menor importância. Ela era linda e Raquel sentiu, como já suspeitava que aconteceria, uma forte atração. Estavam todas ligadas. Não sabia como, mas sabia que era assim. Sem olhar para ela, convidou: "Quer tomar um café comigo? Sei exatamente o que você está sentindo". A outra olhou-a primeiro assustada, depois curiosa, por fim divertida. Sorriu.

9
Ausência

Para Heitor

Gosto muito de te ver, leãozinho
Caminhando sob o sol.
Gosto muito de você, leãozinho.
Para desentristecer, leãozinho
O meu coração tão só
Basta eu encontrar você
No caminho.

CAETANO VELOSO

O quarto é como um espaço pertencente a outra dimensão. Tudo parado. Não há sequer aquela nuvem de poeira brilhando no fiapo de sol que se esgueira suave através do vão formado entre a cortina mal fechada e a lateral cor de laranja da janela. Um discreto cheiro de estagnação ocupa todo o lugar.

Ela vagueia por ali tentando recolher nos pequenos detalhes a lembrança de seu filho. Sobre o edredom com os desenhos coloridos de *Procurando Nemo* há objetos pequenos e variados: um boneco sem cabeça, aquela tampa de plástico que não o é mais e sim uma nave espacial, o livrinho de pano com a história de *Tico e seus brinquedos* (poucas palavras escritas, toda a história contida em grandes e divertidos desenhos), uma língua de sogra rasgada, a cabeça do infeliz boneco, o amiguinho de pano que o filho cafunga quando está pronto para dormir. Tudo parado. Equívocos sem utilidade.

Ela abre a cortina de vez e aquele inocente raiozinho se transforma, cresce e inunda o quarto inteiro, expõe o chão de madeira encerada, as fotografias penduradas, a barraca de índio fechada e encostada como um guarda-chuva no canto entre o armário e a parede, um pé do tênis novo jogado debaixo da mesa de TV. De repente, tudo fica nu, desvendado diante de seus olhos que piscam ofuscados pela intensidade daquele sol de outubro.

Levanta a vidraça e o ar se move para dentro do quarto trazendo consigo o cheiro das mangueiras, do mirrado pé de arruda, bem como mais alto, quase irritante, o canto das dúzias de cigarras, antes ouvido suavemente ou nem isso.

Ela se volta para dentro do quarto e verifica que tudo continua igual. Os bonecos inúteis sobre a cama, o rosto do filho e o dela mesma olhando-a da parede imóveis, a barraca do índio que não está lá. Tudo como antes. Nada que faça poderá interferir na ausência do filho. Nenhuma cortina aberta, nenhuma vidraça levantada, nenhum canto de cigarra, nada mudará a falta de sentido dos bonequinhos de plástico espalhados sobre o edredom colorido.

Continua vagando, perscrutando os mínimos detalhes, as meias vermelhas escondidas atrás da Ferrari de controle remoto. A vida suspensa, escondida atrás dessa ausência que sufoca e a faz sentar, ligar a TV e assistir indiferente a qualquer um dos cento e tantos canais da absurdamente cara TV por assinatura. Sorri ao constatar que está sintonizada, como sempre, naquele canal de desenhos vinte e quatro horas por dia. Para que, se ele não está lá? Procura o controle remoto e o encontra, esquecido, embaixo do cavalinho de pelúcia chamado Lourenço. Clica, mudando vertiginosamente os canais. As imagens cambiantes atordoam e não lhe dizem nada, a não ser que pode percorrer todos os canais, já que ele não está lá. De repente, ela pára no canal de desenhos e lentamente se deita no travesseiro do filho, devolvendo-lhe a utilidade. Pega o "Amiguinho" e cafunga sua mãozinha, sentindo o cheiro da mãozinha da criança.

Não sabe quanto tempo se passou, mas já está escuro quando ela acorda com as batidas no portão e os indefectíveis latidos de alegria. Ligeira, desliga a TV, coloca o "Amiguinho" de volta no lugar, acende todas as luzes da casa, deixando-a com ar festivo e caminha até o portão, pensando aliviada: "Agora, só daqui a quinze dias".

10
Triângulo

Para Renata

Vontade de pedir silêncio. Porque não seria necessária mais nenhuma palavra um segundo antes ou depois de dizerem ao mesmo tempo:
— Quero ficar com você.
Provaram um do outro no colo da manhã.
E viram que isso era bom.

CAIO FERNANDO ABREU

Esta é a história de Regiane, Madalena e Dorival. Regiane tinha vinte e sete anos e era gari na cidade do Rio de Janeiro. Ela morava desde pequena, quando veio com o pai e duas irmãs de lá do sertão da Paraíba, no Vidigal, com vista para o mar. O pai comprou o barraco com o dinheiro que trouxe de lá, conseguido com a venda de um pedaço de chão, duas cabras e uma casa pequenina, mas bem-feita. Não veio, como muitos, em busca de uma vida melhor, mas para tirar as três filhas de perto da mãe, depois que ela queimou a mão da mais velha com o ferro de passar roupa. "Mulher maluca, vai acabar matando as bichinhas de pancada", disse a avó velha e encarquilhada, porém mais lúcida que muita gente nova.

Pedro passou a mão nas filhas e veio. Chegou e comprou o

barraco, recomendado pelo compadre Chiquinho. Foi trabalhar de porteiro em um prédio bacana na praia do Leblon, chamado Gioconda. Acabou de criar as meninas sozinho, com muito amor e carinho. Das três, uma (a mais velha) arrumou um sarará baixinho e invocado que trabalhava no Jóquei. Engravidou, e lá se foi para o barraco do moço na Rocinha. A segunda foi trabalhar como babá de um menininho na casa de um casal de alemães que morava no Recreio. Os três se pegaram de amores pela filha de Pedro, que era uma moça calma e gentil. Voltaram para a Alemanha e carregaram a moça com eles, prometendo a Pedro que ela ia ser mais filha que empregada.

Ficou Regiane com o pai. Ela fazia faxina em vários apartamentos no Leblon e em São Conrado. Não queria se fixar em uma casa só. Gostava muito de liberdade, a Regiane. Até os dezenove anos só havia namorado um frentista do posto de gasolina ao lado do Gioconda. Ela não achara muita graça no namoro. Achou uma nojeira essa história de beijo na boca. Ficou uns três meses com o rapaz, mas terminou, dizendo para ele, com o máximo de delicadeza que conseguiu, para não ofendê-lo, que não gostava mais dele.

Uma das madames na casa de quem Regiane fazia faxina a incentivou a estudar. Ela trabalhava durante o dia e à noite ia para o supletivo. Pedro ficava muito orgulhoso e pensava que um dia ela conseguiria um emprego bem legal.

Regiane não era bonita nem feia. Morena, corpo miúdo e bem-feito, mas nada de mais. Pouca bunda, pouco peito, o que ela agradecia a Deus todos os dias, pois detestava ver as moças de formas redondas passando e os caras babando e dizendo aquelas coisas idiotas e obscenas. Ela circulava tranqüilamente pelo Vidigal e adjacências, subia as vielas estreitas e íngremes sem ser incomodada por ninguém. Tinha uma coisa que cativava todas as pessoas: era extremamente séria, mas quando conhecia a pessoa, se abria. Dava uns sorrisos lindos com os dentes perfeitos. Tornava-se simpática e falante.

Regiane tinha várias amigas e um dia, de repente, sem esperar, olhou melhor uma delas e sentiu umas coisas esquisitas. Uma vontade de estar sempre junto dela (e nem era a sua amiga preferida). Em certa tarde de verão, estavam sentadas bem próximas na mureta que havia atrás da casa de Regiane, de onde elas viam o mar imenso. Regiane começou a prestar atenção na perna da outra que se colava à sua. Nem ouvia o que a menina dizia. No mundo inteiro só existia aquela perna. Ficou constrangida, com medo de que a amiga percebesse sua confusão. Pulou do muro e correu para casa, deixando a outra falando sozinha. "Que foi, Regiane? Endoidou? Você tá legal?" Não! Ela não estava legal!

Naquela noite, debaixo do lençol, deixou sua mão deslizar para o vão entre as pernas e ficou tocando bem ali. Bem no meio, pensando na perna da Jane. Ela nunca havia conversado com o pai sobre aquelas sensações (Deus a livre!). Nem com as irmãs. Quando as amigas começavam com esses assuntos, ela sempre cortava ou saía de perto. Não se sentia à vontade para falar de coisa tão íntima. Mas agora se arrependia. Bem que queria saber se era legal sentir aquilo. Por que não passava. A agonia só aumentava e ela querendo, precisando de algo que nem sabia o que era. Se tocou de várias maneiras. Quando imaginou que aquela perna estava no lugar da sua mão, comprimindo aquela parte, ela teve uma sensação extraordinária, como uma explosão que provocou em seu corpo movimentos involuntários. Uma delícia, mas credo! Será que aquilo era normal?

Regiane resolveu que era normal, sim. Era bacana e não a fazia melhor nem pior. Mas não era boba, e sabia muito bem que muita gente não acharia a mesma coisa. Tinha medo de ser chamada de paraíba, mulher-macho (agora entendia), que nem aquela loirona que morava no Gioconda e volta e meia aparecia com uma mulher diferente. Às vezes tão bonitona quanto ela, outras vezes nem tanto. Uma vez, ouvira o zelador do prédio comentando com seu pai. Na época não prestara atenção, mas agora entendia. O olhar de deboche. Não queria que a olhassem assim. Nem por ela, mas achava que Pedro ficaria triste.

Mas quem disse que essas coisas a gente controla? Depois de muito negacear, lá se foi Regiane para esse mundo estranho e fascinante. Começou a reparar nas garotas. "Essa é. Essa não é." Ela pensava e observava. Até que conseguiu (finalmente) transar com uma menina mais ou menos da sua idade, que conheceu no forró na casa do amigo do pai, lá em Guapimirim. Como sempre, havia mais mulheres do que homens a fim de dançar; logo, era considerado perfeitamente normal mulheres dançarem juntas. Ela passou o tempo todo dançando bem agarradinha com a garota. Depois da festa (aniversário de alguém), arrumaram um quarto para as moças dormirem. Foi o que elas menos fizeram. A cerveja na cabeça das duas e aquela esfregação anterior lhes deu coragem para experimentar. Foi mágico! Foi tudo! Regiane ficou em estado de graça. Beijar na boca não era nada nojento. Pelo contrário. Depois dessa menina, Regiane namorou muitas outras.

O pai um dia veio com uma conversa daquelas em que se quer saber o que já se sabe. Regiane disse: "Pai, não vou mentir para você porque te amo muito".

Pedro ficou arrasado. Sentou na cama de Regiane e chorou muito tempo com a cabeça entre as mãos. Ela apenas o abraçou e chorou com ele. Não por ela, mas por ele. No dia seguinte, Pedro, antes de sair de casa, fez muito carinho nos cabelos de Regiane. Ela sabia que seria essa a reação do pai. Conhecia-o bem. Sempre calmo, carinhoso. Era homem simples, ignorante apenas de coisas que se aprendem na escola. De sentimentos era sábio até demais.

Um dia, o zelador do Gioconda se aposentou e foi morar com a mulher em Guapimirim. Pedro assumiu o cargo e ganhou o direito de morar na casa do zelador que ficava atrás do *playground*. Regiane não quis ir junto. Gostava do Vidigal e já podia se sustentar sozinha. Ia sempre ver Pedro e de vez em quando dormia lá com ele. Quando isso acontecia, abriam umas garrafas de cerveja e ficavam conversando sobre a vida. A carta da irmã que afinal casou com um alemão lourão, de fala arranhada e brusca, a outra que com fala mansa e voz fininha mandava e desmandava no baixinho invocado. Regiane só não falava dela. Da sua última namorada que lhe dera um fora que doía até hoje, quatro meses depois. Era demais querer que o pai ouvisse essas conversas. Bastava para ela saber que ele a amava e queria que fosse muito feliz.

Regiane se inscreveu e estudou para o concurso para gari. Passou. No dia em que ela começou a trabalhar, Pedro teve um enfarte fulminante. Regiane sofreu demais. Nunca se sentira tão só como agora. Mas tocou a vida. Os colegas do trabalho chamavam Regiane de Pará. Primeiro por ser da Paraíba, segundo por ser "mulher-macho". Ela não se incomodava nem um pouco. Eles a chamavam assim sem maldade. Todos gostavam muito de Regiane. Sempre na dela, mas prestativa e atenciosa.

Um domingo, no fim da tarde, Regiane cochilou e acordou com uma movimentação na casa do lado da sua, que estava vazia havia umas duas semanas. Umas vozes de homens praguejando, falando palavrões, fazendo força. Coisas sendo arrastadas pelo chão casa adentro. Ela levantou e saiu para ver o que estava acontecendo. Deu de cara com uma cena que não esqueceria durante muito tempo. Uma mulher negra, de pé sobre a mureta, olhando o mar. O vento levantava a sua saia branca de florzinhas amarelas deixando de fora as duas pernas mais incríveis que já vira. Estava estática quando ouviu um "Puta que pariu!" vindo da curva da vilazinha. Segundos depois apareceu um homenzarrão, com a bermuda meio caída deixando ver o rego da bunda, carregando, ladeira acima, com um outro mais magrinho, uma geladeira.

A mulher se virou e disse: "Boca suja, Dorival!" Este respondeu: "Então vem carregar esta porra você, caralho!" Ela deu uma risada e desistiu de "disciplinar" o tal do Dorival.

Regiane esperou os dois entrarem na casa arrastando o trambolho, depois se aproximou da mulher e disse: "Oi. Meu nome é Regiane e moro aqui do lado. Se precisar de qualquer coisa é só pedir, tá?" Para dizer essas palavras ela pegou ar três vezes. A mulher sorriu e disse: "Meu nome é Madalena. Se precisar eu te falo. Obrigada".

Regiane voltou para casa e ficou meio atordoada. Ela era linda, aquela Madalena casada com o Dorival. Ele, como Regiane descobriu mais tarde, trabalhava como trocador de ônibus. Regiane o considerava um "ignorantão", pois tratava Madalena como esses caras bem machões acham que têm de tratar as mulheres. Com desprezo e grosseria em algumas ocasiões. Madalena, grávida de poucos meses, aturava e sorria. Apesar disso, Regiane podia notar o saco cheio da outra. À noite, de vez em quando, ouvia os ruídos típicos de um casal fazendo sexo. Aquilo a matava.

Pouco a pouco, a proximidade fez que ficassem amigas. Regiane estava com Madalena sempre que podia. Dorival não via com bons olhos essa amizade, mas não dizia nada. Suas contrariedades nunca duravam muito, pois geralmente chegava meio tocado em casa, após beber sua cachacinha na vendinha da rua de baixo, resmungava, fazia cena de vez em quando e dormia logo. Uma vez por semana, pelo menos, Dorival chegava bem tarde em casa. Devia ficar jogando bola com os amigos, ou outra coisa assim. Regiane aproveitava, então, para ficar conversando com Madalena.

Madalena ia ficando cheia, a barriga arredondando cada vez mais e Dorival, com isso, se desinteressava dela, o que para Regiane era um alívio. Cada vez menos ouvia aqueles barulhos insuportáveis no meio da noite. Para ela, era o contrário. A gravidez tornava Madalena mais linda e ela desejava que aquele filho fosse seu. Ou melhor, visualizava-se vivendo com Madalena e a criança. Um dia, Madalena, sem mais nem menos, segurou as mãos de Regiane, olhou bem dentro de seus olhos e disse: "Eu gosto muito de você, viu, Regiane? Sabe que quando não te vejo sinto tua falta, um vazio, uma saudade..." Falou e quando falou seus olhos se encheram de lágrimas. Elas se abraçaram e Regiane pôde sentir em seu peito o coração de Madalena bater forte. Regiane disse: "Eu também te amo, minha Madalena". E saiu rápido.

De repente, aquela história horrível aconteceu. Madalena não estava se sentindo bem, o que Regiane notou ao passar na casa da amiga na volta do trabalho, como sempre fazia. Madalena tinha olheiras que pareciam ter sido pintadas. Regiane fez Madalena se deitar, preparou um chá, colocou umas almofadas sob os pés que estavam inchados e ficou conversando baixinho, fazendo cafuné nos cabelos de Madalena. Ela perguntou a Regiane se queria sentir o bebê se mexendo. Regiane deitou ao lado de Madalena e encostou a cabeça em sua barriga. Embevecida, emocionada, sentia aquela vidinha, parte de sua Madalena, se mexendo de encontro a seu rosto. Ficaram assim muito tempo e dormiram.

A porta se abriu e Dorival entrou. Olhou aquela cena embasbacado. Estacou na entrada e começou a berrar, fazendo um verdadeiro escândalo. Ele gritava: "Bem que me avisaram, seu sapatão de merda! Dando em cima da minha mulher que está 'esperando', ainda por cima! E você, sua puta! Na cama com essa tarada!" Agarrou Regiane pelos cabelos e a arrastou para fora de casa. Madalena também começou a gritar, apavorada, vendo Regiane ser levada para fora como uma marionete nas mãos imensas de Dorival. A gritaria começou a atrair gente. Os moradores volta e meia ouviam ruídos estranhos, mas sabiam perfeitamente identificar as situações nas quais podiam interferir, xeretar, sem correr riscos. Essa era uma delas. Uma briga que todos os vizinhos estavam esperando há tempos, conforme acompanhavam de longe o drama silencioso que vinha se formando entre aqueles três.

Um dos vizinhos, um mulatão alto e risonho, segurou o Dorival dizendo: "Deixa disso, cara! Vai machucar a garota! Ela é gente boa. Conheço ela desde menininha. Só tem esse defeito, mas é só proibir a tua mulher de ver a sapatona".

Dorival disse entre dentes, em um sibilo mais assustador que os gritos: "Se eu vir você de novo falando, olhando, ou perto da Madalena, eu acabo com você, sua paraíba!"

Regiane, humilhada e muito preocupada com Madalena, entrou em sua casa, deitou e ficou apavorada, de olhos arregalados, prestando atenção em todos os ruídos que vinham de fora. "Ainda bem que meu pai não viu isso", ela pensava. Senão, ia matar o Dorival, ou, mais provável, se matar para não vê-la sofrer. Pelo barulho, percebeu que, durante algum tempo ainda, as pessoas ficaram por perto, comentando o espetáculo que haviam presenciado. Ouviu uma risada aqui, outra ali. Mas não pensava em nada. Só em Madalena. O que Dorival ia fazer com ela?

Ele foi até a birosca da rua de baixo beber. Quando voltou, a rua estava silenciosa. Ele entrou e começou a falar com Madalena: "Sua vaca, piranha! Como pode se deitar com uma mulher? Tu virou doente, é?" Os impropérios prosseguiam, até que Regiane sentiu o sangue gelar. Ouviu Dorival dizer: "Eu vou te lembrar como é ser bem comida por um macho de verdade!" Madalena não disse nada. Os ruídos dessa vez foram mais demorados, mais violentos, mais altos, como se Dorival estivesse realmente "dando uma lição" em Madalena e fizesse questão de que Regiane ouvisse. Madalena não emitiu um som sequer. Regiane apertou os dentes e chorou. A impotência diante da situação fazia que se sentisse muito pior. Pensou em ir lá, mas depois concluiu que seria muito pior para Madalena. Quando, depois de muito tempo, os ruídos cessaram, Regiane chorou até dormir.

No dia seguinte, Regiane não foi trabalhar. Ficou deitada percebendo atenta a movimentação na casa ao lado. Ouviu quando Dorival mandou Madalena arrumar as coisas para passar alguns dias fora. Regiane espiou pela fresta da janela e pôde ver uma Madalena com olheiras ainda piores, os olhos inchados e vermelhos.

Regiane ficou o dia todo na cama, pensando no que fazer. Imaginar não ver mais Madalena a deixava com vontade de morrer.

Não suportaria. Levantou-se apenas para beber água e ir ao banheiro. Por volta das onze horas da noite, ela ouviu pancadas leves na porta. Levantou-se e foi tomada por uma tontura leve, pela falta de comida o dia inteiro. Perguntou quem era, sem abrir. Do outro lado ouviu: "Dorival. Quero falar contigo". Ela relutou em abrir, mas resolveu fazê-lo. A voz parecia calma e, além do mais, precisava ver se descobria alguma notícia de Madalena. No segundo imediato ao que girou a chave, se arrependeu, mas a consciência do arrependimento foi fugaz. Durou tanto quanto o tempo que Dorival levou para jogá-la na cama e colocar-se sobre ela, impedindo-a de se mexer. Ele disse com aquele mesmo sibilo que já ouvira no dia anterior: "Vou te curar, sua safada. Você não tem pau para comer mulher, sabia? Esse buraco que você tem no meio das pernas é para dar para um homem. Tua mãe nunca te ensinou isso, não? Pois eu vou te ensinar isso agora. Vou te comer bem comidinha e depois você vai querer sair dando por aí que nem a vagabunda que você é".

Regiane sentiu um ódio que nunca imaginou ser capaz de sentir. De novo impotente. Resolveu fazer de conta que não estava lá, mas não conseguiu. Dorival enfiou nela e se movimentou por um tempo que pareceu uma eternidade. Ela achou que ia sufocar de raiva, de nojo. O suor dele pingava no seu corpo. Ela sentiu ânsia e quase vomitou, mas conseguiu se controlar. Na posição em que estava, pressionada contra a cama por aquele corpanzil, poderia até se engasgar. Sentiu Dorival estremecer e gozar dentro dela.

Ele ficou parado algum tempo, depois levantou e perguntou, enquanto ajeitava as roupas: "E aí? Não foi bem gostoso, vagabunda?" Regiane acertou uma cusparada bem na cara de Dorival. Ele, então, deu um tapa forte em seu rosto. Ela sentiu gosto de sangue ao mesmo tempo que viu voar de sua boca o pivô que lhe havia custado os olhos da cara e tapava o buraco do dente de cima, bem do meio. Filho-da-puta! Ele acabara de lhe tirar o sorriso também! Ele se virou para ir embora. Parou e falou da porta: "Já sabe! Longe da Madalena!" Ela foi até o banheiro, abriu bem o chuveiro e ficou se esfregando com o sabonete por muito tempo. Depois, sentou no chão do boxe e deixou a água escorrer por seu corpo. De repente, uma náusea, dessa vez incontrolável, fez que se ajoelhasse diante do vaso sanitário para vomitar.

No dia seguinte, Regiane se sentia bem melhor do que no anterior. Se antes estava apavorada, agora só sentia ódio. Ia fazer alguma coisa para mudar a situação. Não ia abrir mão de Madalena, deixá-la com aquele filho-da-puta. Ela ainda não sabia o que fazer, mas aquilo não ia ficar assim. Levantou sentindo o corpo todo moído. Além da tensão nervosa, passara a noite encolhida no sofá minúsculo. Nunca mais poderia deitar naquela cama. Se olhou no espelho e viu, furiosa, aquele buracão entre os dentes de cima. Não tinha importância. Não ia mesmo rir tão cedo. Se vestiu e foi trabalhar.

Três dias depois e Madalena ainda não havia voltado. Regiane procurou Jane, que agora era mulher de um dos melhores amigos de Dorival. A moça não queria dizer nada, mas acabou ficando com pena da amiga e contou que Madalena estava na casa da cunhada, no Estácio. Pediu a Regiane que tomasse cuidado. Tinha medo por ela. Regiane disse que só queria falar com Madalena. Saber como ela estava. E lá se foram as duas para o Estácio. Chegando lá, Regiane ficou esperando em uma padaria enquanto Jane ia chamar Madalena. Pouco depois, estavam juntas e Regiane contou a Madalena o que Dorival havia feito. Madalena passou a mão de leve no rosto de Regiane, com o olhar vazio, depois a abraçou. As duas conversaram durante um bom tempo, enquanto Jane espiava o lado de fora, torcendo as mãos aflita. Quando foram embora, Jane viu que Regiane era outra. Estava renascida.

Uma semana depois desse dia, Madalena voltou para casa. Dorival conseguiu um atestado médico falso e passou três dias sem sair de casa; depois, quando voltou a trabalhar, passou a chegar cedo em casa todos os dias. As duas não se falavam, não se viam. Só esperavam. Depois de um mês, mais ou menos, Dorival ficou de saco cheio de ficar em casa vigiando e, certo de que não teria mais problemas com a "sapatona" (aliás, achava que talvez ele realmente tivesse "curado" a garota), voltou à rotina antiga. Saía cedo de casa e voltava alguns dias de madrugada.

Regiane não precisou seguir Dorival muitas vezes após o trabalho. Mas o que descobriu a deixou muitíssimo mais admirada do que ela e Madalena imaginavam quando bolaram o plano naquela padaria do Estácio. Naquele dia, elas resolveram que Regiane seguiria Dorival após o trabalho para ver se descobria alguma atividade ilícita que pudessem usar contra ele. Mas o que ela viu era muito melhor. Regiane, com um sorriso no rosto, retirou a máquina fotográfica emprestada de dentro de sua mochila e fotografou Dorival conversando, beijando na boca e entrando abraçado com um travesti ruivo, com os seios de fora, em um hotelzinho na Glória.

No dia seguinte, logo cedo, Regiane levou o filme para revelar. À noite, ao voltar do trabalho, passou na loja de revelação e foi para casa feliz da vida, com aquele pacote apertado em suas mãos, germinando uma idéia, inspirada nos filmes de espionagem que ela adorava.

Quando Dorival chegou em casa, espantou-se ao ver Regiane calmamente sentada em seu sofá, bebendo cerveja em seu copo e conversando com a sua mulher. Antes que se recuperasse da surpresa e começasse outro escândalo, Regiane apontou para a mesa onde estavam espalhadas as fotografias de sua aventura da semana anterior. Ela disse a Dorival que havia preparado vários envelopes contendo cópias das fotos e uma carta onde relatava a conversa que tivera com o travesti ruivo chamado Pâmela, na qual ele/ela contara que o tal do Dorival era cliente assíduo e queria sempre ser bem comidinho, sempre de quatro. Esses envelopes haviam sido deixados com várias pessoas, com a ordem de enviá-los aos irmãos de Dorival e à empresa de ônibus onde ele trabalhava, caso acontecesse alguma coisa de mal com Madalena ou Regiane. Diante do olhar arrasado de Dorival, Regiane disse com tom cínico: "Quer dizer, Dorival, que você sabe que o buraco que você tem aí atrás serve para outras coisas além de fazer cocô?" Dorival não teve tempo de chegar até o banheiro e vomitou no meio da sala.

Saíram daquela casa deprimente com cheiro de azedo. Subiram as duas na mureta, olharam o mar, que àquela hora já começava a clarear, com a proximidade do amanhecer. Respiraram fundo a maresia e ficaram lá um longo tempo, imóveis, sem pensar em nada, apenas percebendo as discretas e lentas mudanças de nuances de cor no céu e na imensa e incerta superfície d'água até a claridade se tornar suficientemente intensa para perceberem o brilho dos olhos uma da outra. Foram para a casa de Regiane e deitaram-se na cama (que naquele momento não incomodou Regiane). Ela pensou que ensinaria os caminhos a Madalena, mas esses caminhos não se ensinam, são adivinhados. E Madalena adivinhou todos, um por um, os de Regiane. Quando ficaram abraçadas na cama, após todos os caminhos percorridos, se elas conhecessem Caio Fernando Abreu, com certeza se refeririam àquele momento dizendo: "Provaram uma da outra no colo da manhã. E viram que isso era bom".

Regiane vendeu a casa do Vidigal e se mudou com Madalena para a Paraíba. Elas compraram uma casinha, abriram uma pequena venda e criam juntas Pedrinho, hoje com seis anos. Elas nunca mais se separaram nem ouviram falar em Dorival. Às vezes, à noite, depois de botarem Pedro na cama, sentam-se na varanda de casa, bem juntas, tomando cerveja, e especulam sobre o que teria acontecido com ele. Madalena tem certeza de que ele ficou tão humilhado que nunca mais iria querer olhar para elas, para não lembrar. Quanto a Regiane, jura, com um sorriso largo, mostrando o pivô novo, que o viu pela TV, de biquíni de paetês, desfilando no carnaval do Rio de Janeiro.

11
Mangas

Para Valéria Melki Busin

Ainda tem o seu perfume pela casa
Ainda tem você na sala
Porque meu coração dispara
Quando tem o seu cheiro
Dentro de um livro
Dentro da noite veloz

ADRIANA CALCANHOTO

Sentiu a unha enroscar no fio de algodão da toalha que usava para enxugar o rosto. Os olhos fundos abandonaram a imagem que estava no espelho, a pele do rosto já ficando flácida e os dentes à mostra em algum movimento que podia ser um sorriso, mas não era. Apenas verificava se estavam bem escovados. Olhou o fio preso. O nervoso que sentiu a fez puxar o dedo rapidamente, o que agravou a situação e aumentou mais ainda o tamanho da ponta da unha lascada. Sem pensar, usou os incisivos para extirpar não apenas a lasca, mas a unha até o sabugo. Cuspiu o pedaço arrancado na pia e constatou como ficaria ridícula aquela mão com quatro unhas longas e uma no cotoco. Os incisivos entraram em ação novamente e, uma a uma, arrancaram as nove unhas que restavam.

Saiu do banheiro com um chumaço de algodão, em busca de acetona e lixa de unha para acabar de estragar o trabalho executado pela manicure no dia anterior. Era sempre assim. Nunca tinha calma para tentar resolver os problemas, por menores que fossem, e depois se arrependia. Merda! Podia ter cortado a pontinha e lixado para acertar. Agora suas mãos estavam horríveis, assim como estava sozinha novamente, após ter descartado seu mais recente problema amoroso. Com pressa, sem paciência.

Pegou sobre a mesa do escritório o copo de uísque esquecido ontem, com o líquido branco levemente amarelado denunciando muito gelo no restinho de Chivas que espremera da garrafa e afinal acabara nem bebendo. Ao lado deste, havia outros dois copos cheios de guimbas de cigarro misturadas a líquidos que não identificou, nem se lembrou. Teve nojo do cheiro que impregnava os copos, as cortinas, as paredes, o micro sobre a mesa, vazio de idéias, sentiu o próprio corpo e a alma tomados por esse cheiro de fumo e álcool. Levou os copos e cinzeiros para a cozinha, jogou as guimbas fora e lavou tudo com muito detergente de limão. Esfregou com a esponja e depois ficou um longo tempo deixando a água forte e limpa escorrer sobre os copos e suas mãos de unhas curtíssimas e sem esmalte.

Enxugou as mãos no pano de prato que mandara Mercedes comprar, após muitas reclamações desta. "Os panos de prato estão todos rasgados!" Pela primeira vez ela reparou que havia uma frase bordada, que dizia alguma coisa de Deus e sua ira eterna. Imaginou se havia uma repreensão velada por parte de Mercedes, ou se frase tão construtiva se devia apenas ao fato de a moça que trabalhava para ela há três anos ter começado a freqüentar uma dessas igrejas evangélicas.

Ficou enxugando as mãos, olhando pela janela da cozinha, vendo a chuva fina cair sobre a copa enorme da mangueira do terreno da vizinha de baixo, verificando que as mangas estavam quase maduras. Logo começariam a cair no seu quintal e os cachorros se refestelariam. Talvez deixassem alguma para ela, desta vez. E, ao sentir a carne amarela e doce deslizar pela garganta, teria mais uma vez a prova de que seu Deus definitivamente não era o Deus de ira de Mercedes, que prometia a danação eterna para aquelas que, como ela, se entregavam a relações sexuais tão inúteis e improdutivas com pessoas do mesmo sexo.

Voltou ao escritório, abriu as cortinas pesadas e as janelas. A lufada de vento frio e úmido, excepcional em pleno novembro carioca, a fez arrepiar-se, mas varreu para fora aquele cheiro de azedo e de defumador vagabundo. Ligou o micro, respirou fundo, sentindo o cheiro de chuva na terra. Começou, pela milésima vez, a escrever aquela história para crianças, mas parou no meio do segundo parágrafo. Não dava. Clara infiltrava-se em seu texto, com seu perfume, seu gosto, no meio das palavras inocentes, como uma mancha de vinho derramado, quando jogamos um guardanapo branco sobre ela. Aparece devagar, vai se esgueirando por entre as tramas do papel, até que o deixa todo vermelho sangue. Já fazia três meses.

Desistiu do texto infantil e levou muito pouco tempo para escrever um pequeno conto que falava sobre elas duas. Tão pequeno, quase um suspiro. O texto saiu fácil, em borbotões, como aquelas represas de desenho animado, quando surge um furinho que alguém tenta tapar com um dedo, mas a água acaba, invariavelmente, rompendo tudo e desce furiosamente. Ficou verborrágico, dramático como ela mesma. Exagerado em suas cores e dores. Sem final... Um suspiro breve, mas profundo. Sem pensar muito, enviou o texto para clara@algumacoisa.com. *Send.*

Desligou o micro, abriu todas as janelas da casa, acendeu um incenso e jogou, pela segunda vez naquela semana, o maço de cigarros pela metade na lata de lixo. Remexeu a geladeira e fez uma salada com todas as folhas que encontrou, tomate, milho, ovos de codorna. Sentiu a boca se encher de água ao ver a salada pronta no seu prato. Colorida (verde, vermelha, roxa, amarela, branca), com molho de iogurte e ervas finas. Não comia nada há quase dois dias.

Acordou com a campainha e os cachorros latindo. No caminho até o portão, ficou com a roupa cheia de marcas de patas sujas de lama. Abriu. Clara com um saco de mangas amarelas na mão.

12
Lado B

Para Lydia

Vira o disco. Esse é ótimo.

CAIO FERNANDO ABREU

Eu estava no meio da poeira e daquele monte de trastes, pilhas de baús contendo fotografias e cartas desde os tempos da minha bisavó. A casa finalmente fora vendida e eu precisava esvaziar o sótão de muitos anos de lembranças espalhadas em todas as caixas, no penico de ágata, no carrinho quebrado de bebê, na banheirinha de plástico. Lembranças muito antigas, outras nem tanto. As gerações da família estavam todas ali amontoadas, em cartas de luto, cujo papel continha uma tarja preta, e em outras centenas de pequenos objetos. Pelo menos todas as gerações que há tanto tempo haviam cruzado o Atlântico a bordo de navios enormes, cheios de gente com o mesmo sonho de fazer dinheiro e ser feliz nesta terra. Os que lá ficaram, em Portugal, na Itália e não sei mais onde, se perderam (ao menos para mim) e seus vestígios não podiam ser encontrados no meio daquela parafernália, que para mim significava muito trabalho.

Uma de minhas avós fora abandonada pela família e tivera de correr como uma louca até o porto e chegar a tempo de pegar o navio, o que lhe valeu uma surra, mas a vinda para o Brasil. Isso com treze anos. Essa história eu não descobri nos relatos de família. Descobri nas cartas escondidas no sótão.

Nas cartas de luto, as primeiras que me chamaram a atenção e me desviaram do meu propósito de acabar logo com aquilo tudo e respirar novamente o ar limpo de lá do quintal, pude acompanhar o drama de minha bisavó ao saber da morte da netinha de três anos e o drama maior da minha avó ao narrar o acontecimento. A causa da morte não foi bem diagnosticada, mas parecia algo como "nó nas tripas".

As mulheres da minha família sempre foram diferentes das outras. Talvez isso seja algo que esteja no sangue mesmo. Ou no carma. Há sempre a necessidade de ser mais forte que a maioria. Ou, pensando melhor, talvez as mulheres de maneira geral sempre tenham sido mais fortes do que se imagina e eu tenha descoberto isso apenas na minha família por conhecer melhor suas histórias, por seus pertences, sua correspondência e suas lembranças contidas nas entrelinhas dos relatos passados de geração a geração.

Eu vasculhava entre os objetos, quando de repente estaquei diante de uma vitrola e de uma pilha de discos escondidos atrás de um manequim de modista deitado. Sentei e vasculhei as minhas lembranças, talvez na tentativa de me conhecer melhor.

Lembrei que antigamente havia os discos de vinil. Naquela época, virávamos o disco: Lado A e Lado B. Geralmente, o Lado A era o que continha as músicas mais conhecidas, as "melhores", pois as pessoas podiam escutar trechos dos discos nas lojas, e como geralmente ouvíamos primeiro o Lado A e sempre havia fila para usar o aparelho de som da loja, acabávamos julgando o disco só por esse lado.

Eu sempre ouvia primeiro o Lado B. Se gostasse, significava que o disco todo era bom e valia a pena ser comprado. Era uma espécie de inversão de valores que eu praticava. De que adiantava comprar um disco para ouvir apenas um lado que prestasse?

As capas dos discos eram enormes, coloridas, algumas magníficas. Lembro que meus pais tinham uma coleção de música clássica, com todas as capas iguais: brancas, com o nome do compositor em letras pretas bem no meio e uma foto pequenina dele, geralmente de perfil, no canto esquerdo superior. Estas não estavam naquela pilha empoeirada. Mas eles tinham um outro disco do "Lago dos

Cisnes", em uma capa maravilhosa, onde havia a foto das bailarinas vestidas com aqueles saiotes de tule diáfano. Eu tinha verdadeiro fascínio por essa foto. Não sei se admirava as bailarinas com inveja ou cobiça. Creio que a primeira opção é a mais coerente, devido à minha idade.

Eu devia ter uns cinco anos na época. Fui procurar o tal disco para ver a foto e acabei prendendo o dedo na gaveta do móvel antigo, de madeira escura e maciça. Aos prantos, expliquei para a minha mãe, enquanto ela assoprava o machucado para passar a dor, que eu queria encontrar o disco do "Lago dos Cisnes". Ela, solícita, disse que ele não estava ali e ia buscá-lo. Para minha decepção, ela trouxe o disco na sem-graça capa branca. Diante do sorriso enorme da minha mãe, que denotava a "missão cumprida", não tive coragem de contar para ela que, na verdade, eu estava mais interessada nas bailarinas da capa e, ainda soluçando, com a ponta do dedinho arroxeando, ouvi o disco inteirinho: Lado A e Lado B. Não que eu não gostasse da música, pelo contrário, mas naquele momento eu queria outra coisa. Só que não disse o que era.

Voltei, então, à minha reflexão sobre o Lado A e o Lado B. Muitas vezes, as pessoas que julgavam o disco pelo Lado A, como a minha irmã, acabavam, ao chegar em casa, tendo uma grata surpresa, e descobriam que o Lado B continha músicas desconhecidas mas excelentes, que acabavam virando grandes sucessos posteriormente.

Como as mulheres da minha família. Seu melhor lado, pelo menos na minha opinião, é incontestavelmente o oculto, aquele que está apenas nas entrelinhas das histórias contadas nas reuniões de Natal e aniversário. Aquele que está, como sempre esteve, escondido no fundo do baú, no meio da poeira, debaixo de uma caixa de louça branca e lascada.

Divagava e remexia na pilha de discos, quando encontrei a tal capa das bailarinas dançando ao som de "O Lago dos Cisnes". Amassada, desbotada, mas ainda fascinante. Desta vez, olhei com mais atenção as pernas bem delineadas pelos exercícios puxados que os saiotes de tule e as pequeninas coroas de *strass* brilhante. Sorri. Me emocionei ao ver a foto. Imaginei a música como se a estivesse ouvindo realmente, com todas as notas bem delineadas por um compositor que, dizem, se matou por não poder mostrar seu Lado B.

Saí do sótão. Desci a escada estreita com a capa na mão. Percebi, com surpresa, que a tarde já ia avançada. Sentei no banco de ferro pintado de branco que fica embaixo da mangueira e fiquei olhando as bailarinas da foto até o escuro da noite escondê-las de mim.

SOBRE A AUTORA

Lúcia Facco nasceu no Rio de Janeiro em 26 de outubro de 1963. Graduada em Letras (Português-Francês), é especialista e mestra em Literatura Brasileira pela Universidade do Estado do Rio de Janeiro (Uerj). Sua dissertação sobre Literatura Lésbica Contemporânea em formato epistolar, defendida em abril de 2003, mistura ficção e teoria e foi publicada pelas Edições GLS, em 2004, com o título *As heroínas saem do armário: literatura lésbica contemporânea*. Por esse livro a autora recebeu o Prêmio Arco-Íris de Direitos Humanos, na categoria Cultura-Literatura de 2004.

Publicou o conto "Diário" na coletânea *Todos os sentidos: contos eróticos de mulheres*, publicada por CL Edições/Zit Editora. A obra ganhou o Prêmio Alejandro J. Cabassa da União Brasileira de Escritores como melhor livro de contos de 2004.

Atualmente, Lúcia escreve sua tese de doutorado para o curso de Literatura Comparada na Uerj.

leia também

AS HEROÍNAS SAEM DO ARMÁRIO
LITERATURA LÉSBICA CONTEMPORÂNEA
Lúcia Facco

Os romances lésbicos produzidos atualmente não têm *status* de subliteratura, mas de paraliteratura: costumam ser ignorados tanto pela crítica quanto pela academia. Para preencher essa lacuna, Lúcia Facco analisa cinco romances escritos por e dirigidos a lésbicas. Seu trabalho já lembra um romance, na forma de cartas que a personagem envia a amigas e professores sobre sua orientação sexual.
REF. 30038   ISBN 85-86755-38-9

JULIETA E JULIETA
Fátima Mesquita

A primeira paixão com sotaque espanhol e gosto de rum. Uma menina descobre a vida nos bares e boates na companhia de uma colega assumida. Duas mulheres comemoram dez sensuais anos juntas. Histórias românticas bem brasileiras, com sabor de pão-de-queijo, fofoca, ciúme e muito amor.
REF. 30012   ISBN 85-86755-12-5

LUA DE PRATA
QUANDO A PAIXÃO ACONTECE ENTRE MULHERES
Valéria Melki Busin

Ana Maria entra em choque ao descobrir a traição de sua mulher Rita. Ao mesmo tempo, sua colega Mirella está às voltas com uma difícil separação de seu violento marido. As duas mulheres ficam amigas e juntas abrem novos caminhos para o amor, o prazer e a felicidade.
REF. 30035   ISBN 85-86755-35-4

Lado B

FORMULÁRIO PARA CADASTRO

Para receber nosso catálogo de lançamentos em envelopes lacrados, opacos e discretos, preencha a ficha abaixo e envie para a caixa postal 62505, cep 01214-970, São Paulo-SP, ou passe-a pelo telefax (011) 3872-7476.

Nome: _____
Endereço: _____
Cidade: _____ Estado: _____
CEP: _____-_____Bairro: _____
Tels.: (___) _____ Fax: (___) _____
E-mail: _____ Profissão: _____
Você se considera: ☐ gay ☐ lésbica ☐ bissexual ☐ travesti
☐ transexual ☐ simpatizante ☐ outro/a: _____

Você gostaria que publicássemos livros sobre:
☐ Auto-ajuda ☐ Política/direitos humanos ☐ Viagens
☐ Biografias/relatos ☐ Psicologia
☐ Literatura ☐ Saúde
☐ Literatura erótica ☐ Religião/esoterismo
Outros:

Você já leu algum livro das Edições GLS? Qual? Quer dar a sua opinião?

Você gostaria de nos dar alguma sugestão?

IMPRESSO NA
sumago gráfica editorial ltda
rua itauna, 789   vila maria
02111-031   são paulo   sp
telefax 11 **6955 5636**
sumago@terra.com.br